這本書是寫給世界上所有的黃鼠狼
——特別是政治人物

Preface

前言

我有一個朋友叫 Miss Peng，其實就是這本書的編輯，我有一天跟她一起在外面吃臭豆腐聊天，然後她就跟我說──

Peng 小姐：「小畢，我昨天夢到了川普！」
身為美國人的我覺得這樣很有趣，也就跟 Miss Peng 說，
小畢：「願聞其詳！」
Peng 小姐：「我夢到了我要出書，我忘了是什麼樣的書，可是我那個時候就壓力很大，我真的希望這本書可以大賣，所以我就……」
小畢：「就什麼？！」
Peng 小姐：「我就去找川普，請他為這本書說一句話！」
小畢：「哇塞！那你還記得他說了什麼嗎？」
Peng 小姐：「他就說，『這本書跟女人的內衣一樣有用！』」
小畢：「蛤，感覺是他真的會講的話呢，完全沒有什麼邏輯，非常突兀，而且也得罪了女性，那就是川普 STYLE。」

後來我們就開始討論，其實川普講的很多話，雖然很幽默，但對台灣人來說，那些話的含意和笑點就比較難弄懂，所以 Miss Peng 就說，不然你來寫一本書，跟大家解釋川普比較經典的話？

所以就有了這本書⋯⋯（哈哈哈，我一直都很希望有機會寫這句話，「所以就有這本書」，每次在其他書的序裡看到這句話，就覺得莫名地欠揍，當然別人欠揍，我也要欠揍，所以——就有這本書囉！）

言歸正傳，這本書並不是指責川普的書，也不是政治學的書，也不是一本非常認真的書，這本書主要的功能有三：

1. 看好笑的例句，學好英文！

2. 看好笑的圖，笑得開心！

3. 了解一些糟糕有趣莫名其妙的美國文化，笑一下美國！

所以，如果你對這種活動有興趣，我覺得你可以看一下這本書。如果你沒有興趣，你可以買給你的狗狗，說不定牠會有興趣。

John Barthelette
小畢

Table of Contents

目錄

"As everybody knows, but the haters & losers refuse to acknowledge, I do not wear a "wig." My hair may not be perfect but it's mine."

I do not wear a "wig."

sushi sauce

翻譯

大家都知道,雖然那些討厭鬼和魯蛇拒絕承認,我沒有戴「假髮」。我的頭髮或許不完美,可是都是我自己的!

生詞

as everybody knows
大家都知道

haters & losers
討厭鬼和魯蛇

wig
假髮

__may not be perfect, but it's mine
___ 或許不完美,但還是我自己的!

例句

例 As everybody knows, Yui is the most beautiful woman in the entire world.
大家都知道,結衣是世界上最美麗的女人!

例 If Chiang Kai-shek had had a wig, he could have joined The Beatles!
如果當年蔣公有假髮可以戴的話,他就可以加入披頭四這個樂團吧!

文化解析

這幾十年以來，川普做過的怪事數都數不清，但不管如何，川普這個人最大的焦點就是他病ㄒㄒ獅子般的頭髮（鬃毛？！），所以大家都很喜歡用這一點來攻擊川普，畢竟「那個頭髮應該是假的吧！」，那如果是假的，這就代表川普一定有個什麼頭髮情節，因此用這個弱點攻擊他最好，因為那個頭髮多少都有些此地無銀三百兩的 FU。

不過，我覺得這個情況有點像鬥牛士（川普）玩弄瘋牛（民眾）的樣子，川普畢竟不是白癡──他也知道他的頭髮看起來怎麼樣，而那坨頭髮有兩個非常重要的作用：(1) 模糊焦點，讓人低估他。(2) 像一隻孔雀，用很荒謬的羽毛讓人對他的印象非常深刻，打造一個相當強的牌子。想一想，這個策略也相當的成功吧！笑川普的人再多，也都沒有關係──認識他的人越多，他個人的牌子就越強！

川普這則推特文的內容相當有代表性，他一直強烈地否認戴假髮 WIG 的八卦，所以在文中的 WIG 帶有引號，因為在英文裡，如果你用引號標出某個詞彙，這就代表你覺得「事情並不是這樣子」，或者「這個破東西很可悲讓它離我遠一點好嗎！」，又或者「事情剛好是相反的好嗎！」。譬如說，如果你吃牛排的時候，覺得牛排的品質低到這算不上是牛排，你可以密你的朋友說 **「This "steak" is probably dog meat.」**（這所謂的「牛排」大概是狗肉吧。）

這則的另外一個焦點是川普最愛用的口號：「haters and losers!」。川普很愛說別人是「haters and losers!」，而且這句話蠻有他的 FU，因為美國人通常會說那個人是一個 hater（討厭鬼或酸民類的人）或者一個 loser（魯蛇，很失敗的人），但把這兩個東西放在一起攻擊所有反對自己的人這樣的用法，大概是川普他本人的發明吧。現在如果用這句話說別人，會帶有點幽默的內涵，因為大家都很清楚這是川普的口頭禪，你可以試試看！譬如說，「I didn't get into Taipei First Girl's High School, but that's OK! Those guys are just haters and losers anyway!」（雖然我考不上北一女，但我還是覺得沒關係，那群人本來就是討厭鬼和魯蛇，不稀罕！不稀罕！）

"Well, someone's doing the raping, Don! I mean, somebody's doing it. Who's doing the raping? Who's doing the raping?" —

Trump's response to questions regarding his comments about Latino immigrants and rape

WANTED

For UNWANTED
Pussy Grabbing!

翻譯

不管怎麼樣,就是有人在性侵嘛,唐!我是說,本來就有人在做這件事情,所以是誰在性侵?誰在性侵?——川普關於他對拉丁美洲移民和性侵的想法

生詞

Well, someone is...
就是有人……

I mean
我是說

do the V-ing
做什麼事

例句

例 **Well, somebody is** stealing all the ants, Mr. Anteater, and I think it might very well be you!
就是有人在偷大家的螞蟻,食蟻獸先生,然後我覺得那個人很可能是你!

例 女朋友:I want to get married.
我想結婚。

男朋友:I could marry you.
我可以跟你結婚啊。

女朋友:**I mean** I want to get married, not torture myself.
我是說我要結婚,不是說我想折磨自己。

文化解析

按照統計，新移民的犯罪率比原汁原味的美國人還要低，但一直以來，美國人都認為新過來的人大概就是為了性侵自己的女朋友才過來的！我想，這大概是從黑奴的時代開始的吧。以前為了合理化黑奴的制度，美國人花了很多時間醜化非洲人，然後主要的論點大概是——「這些人都是畜生，他們比較像動物，不像人！」。後來，很多人就用了「推理」的方式說：「如果黑人都是動物，然後動物的性慾又強又難以控制，那黑人大概都會動不動就強暴我們的女人耶！！！而且，他們的雞雞大概都蠻大的吧（瞟看旁邊的牛馬）……」。

當然，這都是胡說，不理性，也不人性，但後來大家都把黑人當作強暴犯和性慾旺盛的動物看待，以前在南部的很多虐殺黑人事件都是以「竟然敢強暴我們的女人！（其實是談戀愛而已）」為理由。至今，還有很多人偷偷地覺得事情大概都是這樣子，你甚至會發現，黑人的強暴犯多數從重判，而白人則常從輕判。

後來，很多墨西哥人和南美洲人跑來美國之後，因為語言和文化不通，很多美國人順理成章地把這群人當作「不完全是人類的人類」，也開始說：「這群人除了偷懶、偷錢，和騷擾女人之外，什麼都不懂！」

一開始，這種性愛歧視都出自於民族之間的仇恨和排斥，但現在美國人（不管是否真的有歧視的意圖）已經潛意識覺得黑人和墨西哥人的性慾比較強，雞雞比較大，所以很可能會把所有的白女人給偷走！很多人只要看到白人跟墨西哥人或黑人在一起，就會不爽半天，一直噓一直噓。

所以川普說了這句很荒唐的話，指控所有的移民都是強暴犯，本來不是他真的覺得事情是如此，而是他刻意用大家潛意識下的假「真相」弄出來，讓大家對他產生好感，因為「他說了我們都知道，但政客都不敢說的真相！」

所以，這大概就是利用大家潛意識下的一些民粹的想法，動員投票者的一個概念吧。雖然蠻壞心的，我們其實應該要去了解一下這招，因為當有人開始說某句話實在太「中肯」（可是你覺得這些話有點壞或不切實際），我們應該停一下，好好地想一想，我們是不是正在被欺騙？

"Sorry losers and haters, but my I.Q. is one of the highest -and you all know it! Please don't feel so stupid or insecure, it's not your fault."

翻譯

很抱歉,魯蛇和討厭鬼,你們也知道我的 I.Q. 是高人一等的!所以,不要這麼沒有安全感也不要覺得自己很笨,因為這不是你們的錯。

生詞

I.Q.
智商

insecure
沒有安全感

it's not your fault
不是你的錯

例句

例 雅惠:Did you know octopuses have a very high **I.Q.**?
你知道章魚的智商很高嗎?

雅鈴:Maybe I should marry one...
或許,我可以跟一隻章魚結婚……

雅惠:Well, when you go out with a lot of guys, it's pretty much like dating a stupid octopus anyway. Pretty handsy.
其實,跟很多男森約會,本來就像跟一個笨笨的章魚在一起啊,毛手毛腳!

例 Hey weasel, **it's not your fault** that Yui won't date you! You're a weasel after all.
黃鼠狼老兄,結衣不想跟你在一起不是你的錯……畢竟,你是黃鼠狼嘛!

文化解析

川普很喜歡提到自己的 **I.Q.** （Intelligence Quotient - 智力商數「智商」），因為在美國，大家不會用考試或成績來跟別人比較——我們會用 **I.Q.**，甚至有一些高智商人的社團，加入社團的前提是，你要證明自己的智商夠高，不夠高就不可以加入社團。對於這種社團整天都在幹嘛，我想大概就是坐在一塊爽爽地享受高智商的氛圍，我想，那個氛圍大概很像台大的電機系，因為一般來說，女生對這種社團或機構完全沒有興趣（你看看，女人果然比較聰明）。反正，川普就一直愛用自己的智商拿來壓別人，特別是有人批評他的時候，不過我相信，如果他在台灣出生長大的話，他應該會一直說考上大學當年是全國第一名等等。

不過，我們看了這樣的推特 PO 文的時候當然會想問，既然川普很明顯不是全美國智商最高的人之一，那他幹嘛一直這樣說呢？這不是一直打自己的臉嗎？

其實不是！

這是一個 **sales tactic**（銷售策略）——川普的財富主要都跟一些非常抽象的東西有關係，他大概 20 年前早就放棄蓋大樓的行業，他目前的公司都跟推銷自己的名字有關係，因為他有「有錢人」的名譽，所以很多公司和商品喜歡用他的名字來當一個「川普公司」，讓人覺得自己在享受一個榮華富貴的生活方式或商品，而且對川普來說，這種生意相當好賺，所以他看起來越威，他的名字就越好賣。當然，這不會騙到很了解商業或教育比較高的人，但大部分的美國人本來就不是高級知識分子或聰明的商人，所以

川普只要一直說自己的「**I.Q. is one of the highest**」，然後批評他的人都是酸葡萄「**Please don't feel so stupid or insecure**」（不要這麼沒有安全感也不要覺得自己很笨）他就可以洗腦大部分沒有注意聽的民眾。

「人家說他很聰明耶！他很有錢，我猜應該是真的吧！」

當然，我們在這裡也可以學到一些有趣的事情：

1.　人喜歡相信別人，只要有一個「還算可信」的原因，就會相信。

2.　大聲說話的人總會有一批人站在他那邊，就算他講的話都不是真話。

3.　攻擊別人的動機，是一個非常好的自我保護方法。

所以啊，你想說服別人的時候，書看得再多，也都沒有用！你跟教授講話的時候是一個樣子，但如果真的要說服一般民眾的話，你必須擺出另外一個樣子。

你看看川普就知道了吧！

"Any negative polls are fake news, just like the CNN, ABC, NBC polls in the election. Sorry, people want border security and extreme vetting."

Let me be clear, folks!
From this day forward,
every day is April Fool's Day!
USA! USA!

翻譯

對我不利的民調都是假新聞，跟 CNN，ABC，和 NBC 的大選民調一樣。拍謝厚，人民就是想要邊境安全和極端審查。

生詞

a poll/polls
民調

fake news
假新聞

border security
邊境安全

extreme vetting
極端審查

例句

例 明慧：It says here that Taiwanese food isn't the best in the world!
這裡說台灣料理不是世界上最好吃的！

雅玲：Well, that's **fake news**!
那肯定是假的新聞！

例 This **poll** says that the president is very popular with stinky tofu restaurant owners.
這個民調說，臭豆腐店的老闆蠻愛我們的總統。

文化解析

選舉時美國人都在討論一個很有趣的議題：fake news（假新聞）：所以兩大黨的政治人物都一直在說，另外一黨的新聞（即對自己不利的新聞）都是假新聞，而且更有趣的是，網路上偏向兩黨真正的假新聞也有，加上現在臉書和推特會幫你篩選掉會讓你不爽的 PO 文，就導致很多美國人的世界觀與現實之間開始有一定的距離。

就譬如說，如果川普說北韓訓練了海豚攻擊美國，所以北韓的菁英海豚隊現在正準備攻擊加州的海邊，就算 CNN 一直播出反駁川普的報導，還是會有人選擇相信川普，然後對所有的海豚產生非常強烈的歧視和偏見。

而且！就算川普並沒有這樣說，如果有人在網路上捏造這樣的新聞，也會有人相信（只會比較少而已）。其實，我認為美國一定有幾個人相信北韓有 elite assassin dolphins，如果完全沒有人有這樣的信仰，我才會意外呢。

總之，fake news 已經變成了一個代號，意思是你非常不同意的報導或專欄或想法。

這則推特也有幾個有趣的詞彙可以參考：
第一個是 polls。一個 poll 是一個民調，不過英文的民調——名詞、動詞都可以當，譬如「We polled Taiwan about China.」（我們在台灣進行了關於中國的民調）；又譬如「This poll indicates that monkeys like bananas.」（民調結果顯示，

猴子都非常喜歡香蕉。)

第二個有趣的詞彙是 **extreme vetting**。vetting 本來是指審核或篩選的過程,所以如果你要當小學老師,學校會先 vet you 看看你有沒有把狗狗偷來吃,或有踢小朋友的惡習;或者你如果要當候選人,你的黨會先 vet you,調查好你的背景,保證你不是殺人魔或香港來的間諜,所以 **extreme vetting** 是指一種超越一般調查範圍的「極端審查」。不過,這句話其實只是指用各種方法折磨飛到美國要入境的旅客,所以你看到 extreme vetting 這個詞的時候,他的含意並不是為了要讓大家更安全而進行的措施,這個詞的含意其實是指,透過各種手段讓外國人比較不想來到美國。

有時候呢,看新聞的時候,光看字面上的意思真的會聽不出來真正的弦外之音。

"Watched protests yesterday but was under the impression that we just had an election! Why didn't these people vote? Celebs hurt cause badly."

翻譯

昨天看到大家在抗議，但在我的印象當中，我們好像剛剛才舉辦了大選！這些人當天怎麼沒有出來投票？那些（煽動抗議者的）名人，真的傷害了自己帶領的社會運動。

生詞

I was under the impression that...
我以為……

celeb
名人

cause
運動（通常指跟社會運動有關的事）

例句

例 食蟻獸：**I was under the impression** that you were my girlfriend.
我以為你是我的女朋友。

櫻花妹：Well, you were mistaken.
那你就錯了。

食蟻獸：Gosh.
吼。

例 In Taiwan, anyone can become a **celeb**, because Taiwan is a small island full of bored reporters.
在台灣，任何人都可以變成名人，因為台灣是一個充滿了無聊記者的小島。

文化解析

這則推特有很多有趣的英文可以學！川普說，**「I was under the impression that we just had an election!」**這句話講得非常好，如果直接翻譯的話，意思是「在我的印象當中，我們好像剛剛才舉辦了大選！」，不過呢，這句話真正的意思是「我們才剛剛有大選耶，你們這樣做是不是要假裝沒有這回事？」（當時，川普之所以會這樣說，是因為他剛選上的時候，就一直有大規模的抗議活動）。

反正，在美國這個句型相當常見又好用！如果你的女朋友突然過來跟你說：I want to sleep with your best friend, Bob. （我想睡你最好的朋友鮑勃。），你一定會覺得非常不可思議，所以就會對她說：I was under the impression that we were together! （我以為我們在一起耶！），殊不知！你的女朋友一聽到你的答案，就瞪你一眼並說：And I was under the impression that you respected me, you pig! （我以為你會尊重我，你這個沙豬！），於是你們就會打起來，然後川普會慢慢地走過來對你們說：I was under the impression that Taiwanese people were friendly! （我以為台灣人很友善！）

然後三個人都會突然一起爆炸，也順便讓這個很可怕的例句結束！

「Why didn't these people vote?」又是一個有趣的句型。在美國，因為是民主國家，如果發生什麼問題，然後突然有一大堆人出來抱怨或抗議，大家很習慣問，那為什麼那群人當時沒有出

來處理呢？怎麼等到現在才說呢？怎麼等到這個時候才站起來呢？這有時候是一個很認真的指控方式，也有時候是一個諷刺別人的說法（川普這裡的講法屬於後者），譬如說，如果有一大堆人選了一個很爛的總統，然後隔了不久之後，就一直上街頭抗議，相當反悔自己的決定，比較理性的人可能會說：「**Why didn't these people use their heads in the first place?**」（為什麼這群人當時沒有先想清楚？）

最後一個重要的詞彙是 celebs，這是 celebrities 的縮寫，意思是明星和名人，celeb 和 celebs 是相當常見的，所以你要記得！下次遇到校花，你就可以跟她說：「**Babe, you'll always be a real celeb to me!**」（寶貝，對我來說妳永遠會是個大明星！）

不過，你也要記得……人帥……人醜……

"Happy New Year to all, including to my many enemies and those who have fought me and lost so badly they just don't know what to do. Love!"

翻譯

我要祝每個人新年快樂！包括我的許多敵人，還有那些跟我打起來，可是輸了，而且輸得簡直不知如何是好的那些人，我愛你們喔！

生詞

they just don't know what to do
他們簡直不知道要如何才好

例句

例 After his rival in love saw his 30 cm appendage, he just didn't know what to do!
他的情敵看到了他的 30 公分之後，他完全不知道要如何才好！

例 After I broke up Yui, I just didn't know what to do!
我跟結衣分手之後，我簡直不知道怎麼辦才好！

文化解析

美國俗話說：「Kill with kindness!」（用善良殺死人！），也就是說，對人友善到一個非常諷刺的地步，一般來說，如果在現實生活這樣玩的話，對象一定是那種很清楚你不爽或不喜歡他們的人（譬如說，你的英文老師），然後你只要對這個誤以為你要對她很壞的人相當友善，友善到令對方意外，這就會變成一種說不出來哪裡怪怪的的致命攻擊，譬如說：你的媽媽對你很不開心，因為你又把冰箱裡的狗肉吃掉了（「那盤狗肉是要用來做今天的晚餐！你說晚餐要怎麼辦！你爸回來沒飯吃，你要怎麼跟他解釋？！」），所以一個氣爆的美國媽媽很有可能會開始這樣諷刺你：

「Oh, are you full? Do you need anymore? Why don't I go to the store and get you some more food? I will make a special meal for you, just tell me what you want. Don't worry about the other people in the family! You're the most important one here!」（你吃飽了嗎？你還餓嗎？我可以去超市幫你買更多啊，我可以特別幫你做一頓飯啊，你跟我說你要什麼我就立刻去幫你做，千萬不要擔心其他的家人有沒有東西可以吃，你才是最重要的人！）

誰叫你把冰箱裡的狗肉吃掉了？嘖嘖！

反正，這就是所謂的「killing with kindness」，一個相當毒、諷刺人的手段。如果我們現在回過頭來看川普的推特，他很明顯是想搞類似的事情，不過推特可以打的字不多，所以他只好直接點，說他誰都祝福，包括那些不能奈他何的敵人！美國人一看這

樣的 PO 文，就算不喜歡川普，也會笑一下，因為實在是諷刺得很機車！

英文的部分，有兩個地方值得注意一下，第一個是「**They just don't know what to do.**」（他們簡直不知道要如何才好），因為這裡的 just 的關係，這句話充滿了一種瞧不起人的諷刺感，但同時也帶點幽默，如果想學習川普的這個說法，可以直接把它背下來，一個字不能漏才會有效果喔！「After his rival in love saw his 30 cm appendage, he just didn't know what to do!」（他的情敵看到了他的 30 公分之後，他完全不知道要如何才好！）

對於第二點，請留意一下川普最後一個字：**Love!** 如果你要機車一下，寄訊息的時候，內容要是對對方不太友善的話，如果在最面說「Love!」（愛你喔），這就會諷刺得很好笑。

Dear Bob,
You're fired because you ate all the dog meat in the company fridge! Go to hell.
Love!
Your Boss
（親愛的 Bob，我要 Fire 你喔，原因是你把公司冰箱裡的狗肉都吃掉了，你去死一死吧你。愛你喔！——老闆）

"An 'extremely credible source' has called my office and told me that Barack Obama's birth certificate is a fraud."

翻譯

一個非常可信的消息來源打來我的辦公室，跟我說歐巴馬的出生證明是假的！

生詞

unreliable source
不可靠的消息來源

credible source
可靠的消息來源

"A credible source is reporting that Taiwan's president likes cats more than dogs."

例句

例 A **credible source** is reporting that Taiwan's president likes cats more than dogs.
一個可靠的消息來源說，台灣的總統喜歡貓咪勝於狗狗。
☞ That's racist?

例 There's an **unreliable source** that is saying Trump enjoys licking penguins.
有一個不可靠的消息來源說，川普很喜歡舔企鵝。

27

文化解析

一個「extremely credible source」是指什麼？因為美國主流的新聞電台和報紙跟台灣的媒體有些不一樣，報新聞的時候都會指出消息的來源，如果來源是匿名的或不能說的（因為要保密）也會在文章裡直接說，這個 source（消息來源）不能告訴你，但我們覺得是 credible（可靠），如果記者覺得，這消息很有趣但實在是不清楚算不算可靠，也可以說這是一個 questionable source（令人懷疑的消息來源），如果覺得，這個 source 有時候給的消息是正確的，有時候是假的，也會直接說這是一個 unreliable source（不可靠的消息來源），然後讀者可以自己判斷要不要信這個 source 所提供的消息。

川普在這裡借來這樣的新聞媒體說法，是刻意要讓人覺得他講的事情非常可信，雖然大家知道他在胡說，但很多人已經習慣相信記者和媒體，也習慣了「extremely credible source」的說法，所以潛意識下會被牽著鼻子走，多少覺得，「啊，既然是 credible source 那應該是真的吧！」，雖然這樣想實在是沒有邏輯。

我們在這裡可以學到一個很有趣的說法策略，如果要說服人的話，選字的時候，都要從他們的角度看事情，然後選那些會令人感到舒服或放心的單字講話。這聽起來是相當簡單的道理，不過很多人就是無法懂，我甚至有很多學生，申請國外的學校的時候，申請資料裡常常會用一些負面的詞彙形容自己（可能因為想謙虛吧），但這樣實在是不好！美國校方的小官看到那些負面的單字時，會潛意識下對你產生偏見！你要學習川普，要用目標導向的

方式選字，也要從對方的角度去想，這樣的話，你就會很容易說服別人！

"Amazing how the haters & losers keep tweeting the name "F**kface Von Clownstick" like they are so original & like no one else is doing it…"

翻譯

那群討厭鬼和魯蛇好有趣，一直在我推特板上 PO「醜臉小丑串公子」罵我，又以為他們這樣很有創意，就好像只有他們才會想到這樣做。

生詞

like they are so original
以為自己很有創意

Trump is always being racist like he's so original!
But everyone was doing that a long time ago!

例句

例 Trump is always being racist **like he's so original**! But everyone was doing that a long time ago!

川普覺得他歧視別人的民族很有創意，可是早已經有很多人這樣做！

例 That Taiwanese rock 'n roll singer just ate the head off a bat **like he's so original**! But Americans were eating the heads off bats at rock 'n roll concerts 30 years ago! What a poser.

那個台灣搖滾音樂歌手剛把一隻蝙蝠的頭咬斷了，還以為自己很有創意！但是我跟你講啊，美國人 30 年前在搖滾演唱會早就這樣咬斷了蝙蝠的頭呢！爛死了啦。

文化解析

這則推特超爆笑的！不過，這一次不是因為川普很厲害，而是因為他遭逢了那種老人碰到高科技攻擊時，不知道如何反應的狀態，所以最後顯得相當幽默。推特上，偶爾會有人聯結起來攻擊某些名人，然後一直對那個名人「推特」同一句話，而且因為推特的設計，名人就會被徹底的洗版很久，算是一種網路霸凌，也可以說是一種行為藝術吧！反正，川普這麼大的一個箭靶，常常被這樣攻擊。

這一次他抱怨的是被民眾狂罵一句「F**kface Von Clownstick」。我們先來分析這個罵人的方式為什麼好笑，首先，fuck 放在哪裡都有強調的意思和貶低人的功能，所以美國人很喜歡罵別人「Hey fuckface ！」（喂，醜臉！），這個部分很好懂。第二個字「von」其實是德文，意思是「的」或「來自於」（某個地方），以前在德國，貴族的名字都會出現這個字，譬如說 Claus von Stauffenberg 是指 Claus（本名），然後他的家族來自於 Stauffenberg 這個地方。因為英國的關係，美國人早就對貴族相當不屑，所以大家喜歡拿這個 von 來開玩笑，因為這樣有種特別滑稽的感覺。同樣，「clownstick」也是一個老梗，美國人似乎覺得 stick（樹枝，串）這個單字很有趣，所以會把它放在很多不相關的單字後面，製造一個很新鮮的單字！

所以這句罵人的話，如果翻成中文大概會類似：「小丑肉串帝國的死醜臉大帝」——這麼無厘頭的組合，都會戳到美國人的笑點，因為你根本不會想到會有人把這些單字放在一起罵人，所以很好笑，而且如果被罵的那個人生氣了的話，他會看起來很小氣，很

沒有幽默感,所以這樣罵人相當受歡迎,甚至會導致一大堆人跟著重覆這句話罵川普……因為太有趣了!

川普的反應之所以爆笑,是因為他問,「難道大家覺得,這樣一直罵我同一句話很有創意嗎?」,可是大家都一直罵他同一句話的原因,就是因為這樣一起罵才過癮才幽默啊!川普搞錯重點,也回覆了一群根本不會跟他講道理的人,所以就更好笑了,有一種人類罵海嘯不 NICE 的荒謬感。

英文的部分,我們可以注意一下川普用一個句型,**「Like they are so original!」**。在美國,如果你要說某某人的行為很自大很自以為是,可是根本就是模仿別人,一點創意都沒有,你只要說「They are [動作放這裡] like they are so original!」,這是一種高級諷刺人的手段,譬如:
「Internet nerds who wish a beautiful girl "good morning" on LINE every day like they're so original are just fooling themselves! That girl gets 146 "good morning" messages every day!」(每天給美女傳 LINE 說「安安」,還以為自己很有創意的肥宅,簡直在自欺欺人!那個美女每天早上都會收到 146 封「安安」訊息呢!)

"Obama is, without question, the WORST EVER president. I predict he will now do something really bad and totally stupid to show manhood!"

翻譯

歐巴馬毫無疑問是有史以來最糟糕的總統！我預測他會做很壞又很笨的事情，而且就是為了讓大家知道他很 MAN ！

生詞

without question
毫無疑問

manhood
男子氣概／男性生殖器官

例句

例 Stinky tofu is, **without question**, the best food on the entire earth.
臭豆腐是世界上最好吃的食物，這是毫無疑問的事情！

例 In order to prove his **manhood** and show how much he loved Yui, the weasel got drunk and jumped into the Tamsui River!
為了證明他夠 MAN 也夠愛結衣，黃鼠狼喝爛醉之後就跳進淡水河！

☞ 不過，黃鼠狼根本不 man，所以……又遭拒！

文化解析

先不管川普罵 Obama「有史以來最糟糕的總統」有多麼諷刺，我們先來看看川普可以教我們哪些好玩的英文唄！

Without question 是類似「**毫無疑問**」的意思，只要說某某人毫無疑問是怎麼樣，就可以用這個片語，譬如說，「Stinky tofu is, without question, the best food on the entire earth.」（臭豆是世界上最好吃的食物，這是毫無疑問的事情！），又譬如說，「Taiwanese girls are, without question, the most bossy but almost most beautiful girls on the planet.」（台灣的女孩子是地球上最鴨霸也最美麗的女孩子，這是毫無疑問的事情！）

再來，我們一定要來討論一下川普最愛用的「**WORST EVER!!!**」，對於為什麼川普那麼喜歡這句話，我有點不懂，因為一般來說，這句話都是三八少女愛講的口頭禪，然而它竟然被川普叔叔偷走了！反正呢，「**WORST EVER!!!**」就是說某某東西是世界上最糟糕的，不過因為這句話有種歇斯底里＋太超過了的感覺（畢竟，不管我們多麼不喜歡某個東西，那個東西很少真的是世界上最糟糕的吧！），所以如果在現實生活用這句話的話，給人的感覺反而不太穩重，大家會覺得，要嘛你現在有點不理性，純粹在發洩，要嘛會覺得你在跟大家鬧一鬧（這可能要看語氣），譬如說：「You ate the last piece of cat pizza?! YOU'RE THE WORST EVER SAM!」（你竟然吃了最後一片貓肉披薩？！山姆，你好糟糕！討厭啦！）

川普在這裡指的 **manhood** 是什麼呢？ Manhood 可以指男人的 30 公分，也可以指男人的男子氣概（這兩種東西在美國人的腦海

裡有一定的關係），所以大家的概念是，如果別人懷疑自己不夠
MAN 的話，你只好站起來做一些很瘋狂的事情，讓大家知道你
的 LP 夠大，你什麼事情都敢做，再瘋狂也敢做！因為自己很大，
大家知道嗎？！

這是所謂的 **proving one's manhood**（證明自己夠 MAN），
譬如說，「In order to prove his manhood, his friends dared
him to ask the school beauty for her phone number!
However, the school beauty cut off his manhood instead...」
（為了證明他夠ＭＡＮ，他的朋友就叫他向校花要電話，殊不知，
那位校花不但沒給號碼，她還割了他！）

☞ 好暴力的校花！

"If Obama resigns from office NOW, thereby doing a great service to the country—I will give him free lifetime golf at any one of my courses!"

翻譯

如果歐巴馬立刻辭職（現在！），並且因而為美國做了一件很偉大的事情，我就會讓他在我任何的高爾夫球場免費打球一輩子！

生詞

thereby
從而

to resign
辭職

a course
高爾夫球場

例句

例 I asked my girlfriend to hold her own purse, **thereby** dooming myself.

我請我的女友自己提自己的包包，從而讓自己完蛋了。

例 Hi, I'm an anteater and I work at this golf **course** eating ants. Yum, yum!

你好！我是一隻食蟻獸，我在這個高爾夫球場上班，工作內容就是吃螞蟻，金好甲！

文化解析

你會發現，美國人批評政治人物的時候，常常會提到高爾夫球場──那又是為什麼呢？很多台灣的有錢人喜歡學美國人玩高爾夫球，就好像玩高爾夫球可以讓人更有錢（笑），但美國的有錢人玩高爾夫球的原因本來就是，如果要加入比較高貴的高爾夫球俱樂部的話，你就必須有一定的財富才能加入，而且，加入的話就可以跟其他的有錢人社交，交換一些珍貴的秘密資訊，然後喬事情。怎麼說呢？中國人喝茶，美國人玩高爾夫球，但這種活動的目標是一樣。

所以，很多有權有錢的人喜歡跟敵人或合作夥伴去玩高爾夫球，邊玩邊喬事情，因此美國的總統也常常會這樣跟很重要的人物出去玩，用玩的方式談判很多重要的事情──這本來就沒什麼。

不過，美國的民眾並不是高爾夫球的粉絲，因為他們不有錢，所以不會玩，所以就不了解那些人真的在幹嘛。所以 Obama 當選之後，因為美國人很喜歡說黑人很愛偷懶（民族歧視），所以很多人就開始找 Obama 看起來不努力的事情用來攻擊他，也後來就想到民眾不太了解高爾夫球，只覺得這是在玩而已，所以每次 Obama 出去打高爾夫球，就有媒體報導說這個黑人又在偷懶！（雖然一直以來的總統都有這樣做就是了）。所以，川普說可以讓 Obama 免費地打，就是在用這件事情攻擊他。

不過呢！現在川普當總統，大家也發現他比 Obama 更愛玩高爾夫球，所以也開始攻擊他這件事情，雖然老實講，他應該只不過是在工作而已。

What goes around, comes around! 這是報應吧！

"Frankly, if Hillary Clinton were a man, I don't think she'd get 5 percent of the vote."

翻譯

老實說，如果希拉蕊・柯林頓是
男人的話，我覺得她得票率應該
會不到 5%。

生詞

frankly
老實說

If... were...
如果 X 是 Y 的話……

例句

例 **Frankly**, as a weasel, I think chickens are very prejudiced towards us.
老實說，我身為一隻黃鼠狼，多少就會覺得，雞都對我們很有偏見！

例 **Frankly**, durian fruit is a biochemical weapon.
老實說，我覺得榴槤是一種生化武器。

文化解析

在美國，女性的政治人物都必須面對一件非常有趣（也非常不公平的事情），如果一個女性政治人物講話很直接、很嗆，就被視為很 bitchy 的行為，如果是男性的話，則會被視為一個「有領袖特質的人」；如果她爆粗口，那是無法原諒的行為，而如果他罵髒話，這是非常正常的；如果她每句話都先練好、先想好，那她就是非常假的，但如果是他那樣的話，卻代表他有準備好討論這件事情，果然是有領袖特質的人！

我們不難看得出來，這個雙重標準搞得相當厲害！所以，如果你去分析大家以前攻擊 Hillary（或其他政治人物）的事情，你就會發現大概都多少跟女人該做什麼不該做什麼有關係，也就是說，柯林頓的敵人一直很努力要幫她塑造出一個「cold bitch」（冷漠賤人）的公眾形象。當然，支持柯林頓的人也很愛指出，這些負面評語的出發點是錯的，甚至都能算是仇女的一種表現而已。

所以川普在這則推特裡，就要反駁這種「柯林頓是女人，你們才這樣說！」的說法，說如果柯林頓是一個男人，支持她的人就會更少。對於川普是對的還是錯的，這個問題真的很難說！不過，重點是，你之後看美國新聞時，如果看到女性的政治人物被批評的話，可以多去想一想那些評語是否出於一個雙重標準——因為這是報紙無法告訴你的事情，你必須自己來判斷！

關於英文的部分，frankly（老實說，坦白講）是一個非常好用的單字，只要你想強調你即將要說的話是 (1) 非常真實 (2) 而且，因為真實就相當難聽，你就可以用這個 frankly。我們可以在這裡想到美國電影《亂世佳人》裡最有名的台詞：「**Frankly, my dear, I don't give a damn.**」（老實說，親愛的，我不在乎！）

"You have to think anyway, so why not think big?"

翻譯

無論如何，你需要想事情，既然如此，為何不要想得野心點？

生詞

to think big
有野心點

例句

例 食蟻獸本人：When I grow up, I want to eat ants every day.
長大之後，我要天天吃螞蟻。

食蟻獸牠媽：You already eat ants every day.
你已經天天在吃螞蟻。

食蟻獸本人：So?
所以呢？

食蟻獸牠媽：Try and **think big!** Have dreams! Imagine eating 10 KINDS of ants every day!
野心點！找個夢想！想一想，如果你可以每天吃十種螞蟻，那就多好！

食蟻獸本人：I feel so inspired...
哇，我突然有所啟發耶……

46

When I grow up,
I want to eat
ants everday.

"Try and think big!
Have dreams!
Imagine eating 10 KINDS
of ants every day."

文化解析

你看看這句話講得多麼有道裡，也就可以證明，就算我們不喜歡某個人，他們有時候也會說一些蠻對的話。如果回頭看這個世界的歷史，歷史上最偉大的事情通常都不是聖人幹的，也就是說，那個時代最聰明的人當然不是道德標準最高的人！就算是政治上沒有什麼影響力的數學家或發明家，他們一般來說也都很「糟糕」，如果要教人怎麼做一個好人的話，就不太可以拿他們來當榜樣！不過，如果因為他們沒有達到一定的道德標準就把他們教我們的事情扔進垃圾桶的話，我們人類還會剩下什麼文明和文化？連用樹枝打死人的技術都不會有吧！

不過，或許就是因為現代生活過得太自在太舒服，好像很喜歡用放大鏡看別人的罪和道德問題，彷彿自己都沒有這樣的問題（當然，我們都有，包括教宗，Obama，和你老木～），然後如果遇到一個有才華的人，就一直把那個人神聖化，甚至開始崇拜他，到頭來我們一定會發現這個人並不完美，甚至還會犯道德上的錯！於是，我們就徹底地否定那個人，把他們當垃圾看待，也把跟他們所有相關的作品和事情當作不乾淨，不買，不聽，不看，不參加，不玩！

這個現代社會的情結，這幾年來似乎鬧得越來越嚴重，我覺得可能有一部分是因為，我們不太喜歡很複雜的事情，如果什麼事情都是黑白的對與錯，這很好理解，我們大部分的人會比較喜歡。如果要把某個人的好與壞分開來看，這就相當不容易，所以大部分的人就落入民粹，就算自己明明也跟那個名人一樣很有問題。

所以除了修身讓自己變好之外，我們也不妨懂得容納別人的
好──因為容納別人的好並不等於贊成他們的壞。

"Now, in all fairness to Secretary Clinton, yes, is that OK? Good. I want you to be very happy. It's very important to me."

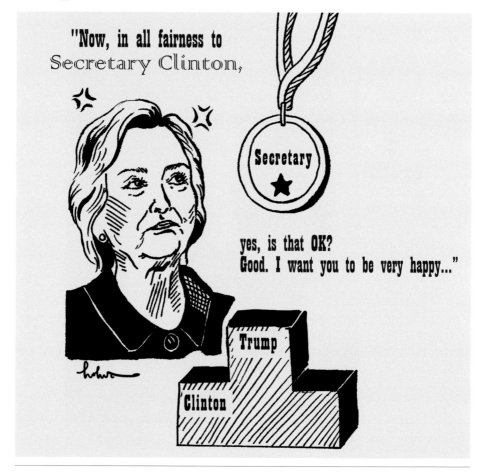

翻譯

平心而論克林頓國務卿的事情，啊對了，那樣叫妳 OK 嗎？很好，
我要讓妳開心，這對我來說非常重要。

生詞

double check
確認

in all fairness
平心而論

例句

例 黃鼠狼：I just want to **double check**, but have you
changed your mind about liking me?
我想確認一下，對於我，你有沒有改變心意要喜
歡我？

櫻花妹：**In all fairness**, I don't think I will ever
change my mind, Weasel-san.
(平心而論，我覺得我不太可能改變心意，黃鼠
狼桑～)

黃鼠狼：Oh.
喔。

文化解析

這句話是川普在第一場總統辯論時講的，因為柯林頓曾經擔任過幾個不同的職位，參議員、國務卿……等等，所以他這是在演戲要確認該怎麼稱呼她，可以說是種挑釁柯林頓的行為，因為如果她是男人，不會有人這樣「差點叫錯」，或需要 double check [確認] ，所以這是川普拐彎抹角地貶低她。其實，如果你要讓美國人很生氣，突然莫名地要確認他們的工作職位和頭銜，一定會得到一秒惹怒的效果！如果你是個很淘氣的人，你可以把這招學起來，「Ah, you are the general manager, correct, Mr. Snoopy?」（啊，我跟你確認一下，你是這裡的總經理，對吧，史努比先生？）

「In all fairness to（某人）」這句話，通常會在辯論或激烈地討論時出現，字面上的意思是「如果要公平講的話」，可是這句話通常都是一種諷刺對手的說法，因為這句話是用來「寬恕」別人，說他們做錯的事情不是沒有理由，不是不能原諒的，所以講這句話時，你會聽起來比較高尚，就好像你有權力決定對與錯的標準。如果想更直接的諷刺人的話，你可以在後面加一句很明顯是在貶低對手的話，譬如說：「In all fairness, he's not a very smart person, so let's not blame him!」（平心而論，他不是一個很聰明的人，所以我們不要怪他好了！）又譬如，「In all fairness, as a foreigner no one expects you to understand our culture.」（平心而論，你是外國人，不會有人期待你可以了解我們的文化！）真是非常欠揍！

後來，川普跟柯林頓確認頭銜之後，就說：「I want you to be very happy. It's very important to me.」如果你跟人辯論或吵架的時候，這兩句話也是非常欠揍！你明明不在乎對方的生死，還在那邊講你多麼在乎多麼 CARE，煩不煩啊！在台灣，這樣跟人講的話，我想他們只會稍微 CONFUSED，不了解為什麼你突然要示好，但在美國大家一聽就知道這是很高級的反諷，川普想叫柯林頓去死一死，所以就說他非常在乎她的感受——相信我！柯林頓聽到了這句話，心裡一定超怒的！趕快背起來吧，下次跟愛人吵起來，就拿出來試試用！

Look, I'm just saying very simply we have a country that I've never seen anything like it. I've been going over budgets and looking at budgets. We don't bid things out. We don't bid out, as an example, the drug industry, pharmaceutical industry. They don't go out to bid. They just pay almost as if you walk into a drugstore. That's what they're paying.

I'm self-funding my campaign. Nobody is going to be taking care of me. I don't want anybody's money. I will tell you something. We're going to go out to bid in virtually every different facet of our government. We're going to save a fortune.

翻譯

我只不過是簡單地說，我們有一個國家，我從來沒看過類似的國家。我最近一直研究預算，一直看預算。我們沒有拿出來競標過。我們沒有拿出來競標，譬如說，藥業和製藥業。他們沒有拿出來競標。他們就好像去藥局一樣直接付錢，他們是那樣付錢的。

我的競選活動都是用自己的錢，沒有人在照顧我，我不要任何人的錢。我告訴你，我們會把我們政府每方面的事情拿出來競標，我們要省一大筆錢！

生詞

Look, I'm just saying...
我只不過是想說

every facet of something
某件事情的每個方面

例句

例 Look, I'm just saying it's strange that every time a dog disappears, our neighbor has a BBQ party.
我只不過是想說，我覺得很奇怪，每次有狗狗消失，我們的鄰居就會開 BBQ PARTY。

例 Every facet of this essay is horrible, but your family is rich, so you get an A.
這篇作文的每個方面都很糟，可是你家很有錢，所以你還是可以拿個A。

"It's strange that every time a dog disappears our neighbor has a BBQ party."

文化解析

如果英文不是你的母語的話，川普說英文的奧妙可能有點難懂，所以我想在這裡討論一下，川普的英文有哪些特點！我們又能從其中學到什麼呢？

首先，如果你聽過人說，川普的英文不好，或者他的口才不好，這……我能說什麼呢？川普的英文確實不是典型的英文，也沒有按照課本裡（或語法邏輯）的那些規則，但他非常善於溝通，也懂得針對他的觀眾。

從台灣人的角度，一個很大的問題一定是，如果你用閱讀的方式了解川普的話，你會發現，他講得好像是一坨垃圾吧？沒啥意義！語法又不好，一定沒有讀好書～！這是因為台灣沒有一個演講傳統，大家都喜歡用文字表達自己的意思，政治人物也沒有這種「表演」的能力。美國的政治人物（和商人）反而口才不好就很快會被淘汰了，川普是這種「表演」傳統的極端，所以你可能要直接用聽的，也看手勢和表情才能看懂他想表達什麼。

川普講話的時候，他會講到一半，然後突然開始講另外一件事情，講了一下，又講其他的東西，才回來第一個主題……等等。如果用讀的，這個過程會非常痛苦，因為你的腦筋會打結！可是如果你是正在聽的觀眾，川普的說服力就會很自然地提高，因為川普在「帶你」，因為你只能跟著他的語言邏輯才能聽懂，你也會很自然地，潛意識下地，開始接受他講的話。這一招，我覺得大部分的人學不起來，不過聽別人講話的時候，你應該要留意一下，別人如果講得很順，或講得似乎很有道理（雖然你有點說不出來

那個道理在哪），你心裡的小警笛就要開始響吧！因為你很可能正在受騙～！

上面那段川普的話，其實沒有很複雜，算是他講得比較清楚的一段話，剛好應該適合非母語者用來體驗他的 STYLE，所以我推薦大家把這兩段話念出來看看，學一下川普說話的方式，體驗那種順順地自圓其說的感覺。

"It's a disaster."

翻譯

這簡直是場大災難！

生詞

disaster
災難

例句

例 I forgot to do my makeup, what a **disaster!**
我忘了化妝，這簡直是災難吧！

例 My girlfriend forgot her makeup, now I know what she really looks like. It's a **disaster!**
我的女朋友忘了化妝，我現在知道她真正長得怎麼樣，這簡直是災難吧！

文化解析

川普的口頭禪很多，不過我自己最喜歡他的這句話：「It's a disaster!」（這簡直是場大災難！）不管是哪件事情，只要他稍微不喜歡，就會用這句話來表示「林杯不爽！」，至於那件事情是否是一個 disaster，也至於川普真的覺得是一個 disaster，我只能說真的很不一定耶！所以你聽到他說這句話的時候，也不用把它想得太認真，因為這句話早就已經變成一種語助詞。

其實，這也不完全是川普的問題，很久以前（我小時候），很多人已經開始濫（亂）用 disaster 這個詞 .
你的男朋友遲到了半個小時？ Disaster!
你正在烤的蛋糕不小心烤焦了？ Disaster!
你的臘腸狗不小心把家裡所有的臘腸都吃掉了？ A BIG Disaster!
（and fat dog）

我只能說，川普真的是美國民間出來的總統！

不過，川普這樣用這句話，也不是沒有他的目的在，人的頭腦很簡單，你只要一直重複一句話，而且用充滿了信心的語氣說它，就算你講的話不是實話，很多人會被牽著鼻子走。再說，如果你講的話剛好（對民眾來說）很中聽，那事情就更容易了！你有時候會發現美國的政治人物天天都在重複同一句話，幫民眾做一個洗腦的動作，不過通常他們的作法有點太刻意，所以被騙到的民眾比較少，而川普的「It's a disaster!」非常親民，非常有說服力，而且因為不管在什麼情況下，都可以用同一句話來否定它，習慣接受這句話的民眾，也很容易跟著否定你想講的事情，不管

是什麼都可以！

雖然我們不應該這樣刻意去欺騙人，不過演講或說服人的時候，
一直重複關鍵詞是一個非常好的策略——向川普學一學怎麼做
吧！

"I was down there, and I watched our police and our firemen, down on 7-Eleven, down at the World Trade Center, right after it came down."

翻譯

我那天在場，我看到了我們的警察和消防員，在小7，在剛剛塌下來的世界貿易中心。

生詞

make a gaffe
出醜，失言

例句

例 If you try to shake an anteater's nose, this is **a big gaffe.**
如果你試試跟食蟻獸握「手」（那是鼻子啦！），這樣就出醜很大。

例 Taiwanese politicians **make so many gaffes** people don't even care anymore.
台灣的政治人物失言的頻率高到讓人已經完全不在乎了。

文化解析

只要稍微注意一下美國的報紙，就會遇到 gaffe（出醜，失言）這個單字：gaffe 的來源已經不明，有的人說 gaffe 是來自於法文的船鉤，有的人說是英文以前底層階級的口語說法，無論如何，如果你 make a gaffe 你可能真的要完蛋了！一個 gaffe 究竟是什麼呢？一般來說，gaffe 是說，一個政治人物不小心說錯話了，特別是髒話或侮辱人的話，譬如說，如果你參加一個活動，然後有人問你問題，於是你就叫這個人站起來讓你看清楚他的臉，可是⋯⋯這個人原來是輪椅族！他無法站起來！好尷尬！而且，報紙一定會很開心地報此事一整天，這可能是一個 career ending gaffe（結束政治生涯的錯誤！）如果說政治人物最怕的就是 gaffe，我覺得是講得一點也不誇張！

而川普呢，他就是天天 making gaffes!

- ☑ 侮辱女性？
- ☑ 笑殘障人士？
- ☑ 取笑榮民？
- ☑ 說移民都是強暴犯？

然後川普每次犯了這樣的 gaffe，大家就開始說，「他這次真的完蛋了喔！」可是他一直都沒有，川普一直到當選的那天一向都好好的，所以很多美國人就給他一個新的綽號：the Teflon Don（鐵氟龍先生）。鐵氟龍當然就是那個放在鍋子下面的那層東西，會讓食物無法黏上去，所以煮飯的時候，你煮的東西不會黏上去

或被烤焦，**Don** 是指西班牙話的「先生」，也是指川普的名字 Donald，所以鐵氟龍先生這個綽號的意思是說，不管這個人犯了什麼 gaffe，或不管你把哪些東西扔在他的身上要醜化他，這些都不會 STICK 上去，因為這個人是鐵氟龍做的！

所以問題是，以前的政治人物很容易被 gaffe 弄掉了，為什麼現在變成大家都不在乎呢？我覺得有一部分是，民眾一直覺得政治人物沒有真的在聽自己講話，所以覺得因為說錯一句話就要花這麼多時間處理有點蠢，重點是你做的事情！政治人物再粗魯，再髒，再笨，也都可以──只要願意真正地聽從人民的話就好了。

所以川普的鐵氟龍狀態，大概就出於人民忍無可忍壓下很久的情緒，但政壇上太習慣自己的那些小遊戲，所以一直看不清楚正在發生什麼事情！我想，一直到川普就職的那天，還有很多人沒看清楚民眾的這個趨勢！

對於這則推特的 gaffe，你應該有發現吧！川普是把 9-11 和 7-11 搞混了！如果這是別人說的，他們一定會完蛋了，不過川普就是與眾不同嘛，講得話再誇張也都不會有事。不過，我們可以趁這個機會學到三個很重要的英文：
9-11（九一一時間）＝ Nine Eleven
7-11（便利商店）＝ Seven Eleven
911（美國緊急服務的熱線）＝ Nine One One
不要搞混喔！不然就會是一個**大 gaffe! What a disaster!**

"Lyin' Ted Cruz just used a picture of Melania from a shoot in his ad. Be careful, Lyin' Ted, or I will spill the beans on your wife!"

翻譯

在他的廣告裡，泰德・克魯茲那個老騙子用了我妻子梅拉尼亞的照片。小心點，泰德你這個老騙子，不然我就把你太太的秘密說出去！

生詞

spill the beans on someone
把某人的秘密說出來

例句

例 I accidently **spilled the beans** and told my girlfriend that I'm actually a zebra, not a human being.
我不小心把真話講出來，讓我的女朋友知道我其實是斑馬，而不是人類！

例 Please don't **spill the beans on me!** If my girlfriend knows my true love is actually Yui not her, she will cut off my balls!
拜託，不要把我的秘密說出去！如果我的女朋友發現我的真愛是結衣而不是她，她一定會割了我！

文化解析

我們先來看一下川普的這則推特在講誰～

Ted Cruz 是德州的參議員，也是共和黨的人（跟川普一樣），2016 的共和黨初選時，是最有機會打敗川普的那個人，後來他失敗了（obviously）。

Melania 是川普的妻子，一個東歐來的麻豆。

川普在這裡靠腰的事情很簡單，在美國競選的人通常都會稍微攻擊一下彼此的配偶，因為對手的配偶通常也都在外面用力助選，所以這是必然會發生的事情，你開始跟人打架，總算要被打一下吧。所以 Ted Cruz 拍競選廣告時，就用了一小段 Melania 的影片，攻擊川普。（對了，a shoot in his ad，這裡川普應該誤打，他想說的是 a shot in his ad，他廣告裡的一個畫面）如果是其他的政治人物的話，他們頂多只會讓自己的發言人出來一下跟記者說「My opponent sucks, how dare he!」（我的對手很爛，他怎麼這麼不要臉！），然後這件事情就會過去了。

而川普呢？他一看到那個廣告，就上推特威脅 Ted Cruz 說要 **spill the beans on his wife!** (把他太太的小秘密說出去) 當時，大家對於川普的威脅（threats）和 Cruz 太太的秘密相當好奇，很遺憾我們至今都不知道那個秘密是什麼，可能根本就是川普在唬爛，他根本不知道其他人妻子的秘密吧？！反正呢，我們有一個非常好的機會學一學 **spill the beans** 這個說法。

Spill the beans 的來源已經非常模糊和神祕，已經沒有人知道為什麼「撒豆子」等於洩漏別人的秘密，我們只能說……這句話就是這樣子嘛！值得注意的是，如果要說是要 spill 誰的 beans，你必須在 beans 的後面加 on，譬如說 spill the beans on your little brother（去跟媽媽說小弟弟做了一些什麼好事！）

另外一個值得注意的點是，川普很喜歡給別人一些負面的綽號，這個負面宣傳的手段力量超大的，所以他在這裡一直用 lyin' Ted 這個綽號（愛說謊的泰德），不是隨便侮辱他而已，而是要讓人對 Ted Cruz 產生負面的印象，因為一直聽到 lyin' 和 Ted 這兩個字聯結在一起。川普很喜歡做這件事情，所以下次看到他的報導，可以留意一下，也可以順便想一想自己周圍的人，是不是偶爾也會用類似的手段霸凌人呢？

"You could see there was blood coming out of her eyes, blood coming out of her wherever."

翻譯

你可以看到她眼睛正在流血，她的那個地方也在流血。

生詞

sexist
性別歧視的

misogynist
仇女

misandrist
仇男

例句

例 According to some people, Trump's hobby is making sexist remarks.
有的人覺得，川普的愛好就是說一些充滿了性別歧視的話。

例 The misogynist and misandrist got married, because fighting in person every day is more convenient than fighting on the internet.
仇女的男人和仇男的女人結了婚，因為天天面對面吵架比天天在網路上吵架方便多了。

☞A true marriage of convenience

文化解析

美國的某些族群（特別是保守派，宗教分子，或住鄉下的人）相當忌諱公開討論自己的月經（不要怪我，社交規則不是我訂的啦！），台灣這方面則相當開放，甚至台女跟不熟的美女突然開始討論這個議題，有時候會讓對方覺得台女是怪咖。當然，這件事情因人而異，因為美國也有一群人喜歡公開討論這件事情，喜歡公開討論的原因，就是因為很多人不太喜歡聽，所以就要硬跟別人講，改變大家的想法。總之，忌諱月經這件事情，大概跟美國人對自己的身體的態度有所關係吧，因為美國是一個基督教的國家（至少，曾經是），大家都非常習慣把自己的身體和靈魂／腦筋想成分開的存在體，因為原罪的關係，自己的身體是骯髒的，是一個難以控制、會讓人想犯罪的東西，所以一個基督徒主要的任務是借用耶穌的力量，學會如何控制自己的身體，不要讓身體的（精）蟲汙染上帝乾淨的靈魂。

所以，雖然很多人覺得美國人（特別是保守派）不太愛討論女人的月經是一種性別歧視，但這個問題感覺上是來自於一個更根深柢固的情結。因為人的身體被視為一個問題甚至一個很髒的東西，美國人非常注重乾淨，要把自己弄得不像一個物質存在，也就是說，身體的那些自然現象和功能（身體的自然味道，拉屎，撒尿，放屁，打嗝，月經，射精，出生）等等的畫面和概念，都被歸類為「不禮貌」、「不乾淨」，或「不雅」，如果了解到美國人有這樣的思考方式，美國人的很多行為（從不准人打嗝到忌諱月經）都比較好理解……不過，了解了之後，懂了美國人大概都用什麼樣的眼神看不接受這些規則的人，會突然覺得國外的人真的與國內的人不太一樣！

總之，上面的這句話，是川普在批評 Megyn Kelly，一個曾經跟他公開衝突的電視記者。川普說，Kelly 被他氣得眼睛都出血了，這個說法很正常，不過下一句話就非常驚人：**there was blood coming out of her wherever** （她的什麼什麼地方［陰道］也在出血）。當然，川普在暗示說，這個人之所以會跟他吵起來，是因為她（一個女性）的月經來了，所以脾氣不好了。川普在電視上提到別人的月經已經有點突兀，可是他又暗示她的態度跟她的月經有關係，就深深地得罪了很多女性。

所以川普就用了一句話得罪了排斥身體的美國民眾，也得罪了想「解放月經」的女權主義者。

這裡值得注意的英文是 **wherever**，如果要委婉地指別人的生殖器官，可以用 **wherever** 代替，特別是你想表達一種輕視人的感覺的時候。

"I've said if Ivanka weren't my daughter, perhaps I'd be dating her."

翻譯

我說過，如果伊凡卡不是我的女兒，我很有可能就會跟她在一起。

生詞

creepy
古怪，令人毛骨悚然，變態

to date
交往，約會

例句

例 If you're alone in your room, and you feel someone touch your hair, that's **creepy!**
如果你一個人在房間的時候，突然感覺到有人碰你的頭髮，那真的很令人毛骨悚然。

例 If you **date** strange people, you will have strange children.
如果你跟奇怪的人交往，你會生奇怪的孩子。

文化解析

川普跟他女兒 Ivanka 的關係一直是個大焦點，因為他們的關係似乎……好像……就是……有那麼一點不太對勁吧！川普已經說過很多次，他覺得女兒的胸部很大很好看，她的腿又細又長，也說如果 Ivanka 不是他的女兒，他就會跟她在一起！大家都聽得有點傻眼，因為，這畢竟不是一般爸爸會講出來的話！

大部分的美國人聽到這樣的話，就會說「That's so creepy ！」（這件事情令人毛骨悚然），其實，美國人本來就很愛說 creepy，所以 creepy 這個詞可以包括很多意思，creepy 可以是令人毛骨悚然，也可以是好奇怪，也可以好變態的意思。

其實，某些方面來講，美國人比台灣人敏感許多了，特別是對於他們認為是「creepy」（變態）的事情，譬如說，台灣人說，自己的女兒是自己的前世情人，美國人光聽到就會開始臉紅不舒服：在西方，亂倫的忌諱非常，非常強，所以每次聽到日本人又有什麼兄弟姊妹戀情漫畫，就會開始罵日本人有病，初次接觸到漢語的人，也都覺得叫陌生人妹妹，哥哥，阿姨等等特別「creepy」，甚至連知道華人會說自己的生殖器官是小弟弟 / 小妹妹，也會讓美國人十分困。反過來講，美國人比較不會像台灣人那麼怕鬼（即台灣人覺得是真的很 creepy 的事情），很多台灣人，光聽到鬼這個字，特別是晚上的時候，反應都會蠻大的，這方面美國人反而還好。

不過，有趣的是，美國人對牽扯到性和家人的感受，和台灣人對神鬼的感受，基本上似乎蠻接近的，就是一種「不想聽！不想聽！

走開！唉！好糟糕！停！停！停！」的態度。其實，兩種狀況都可以用 creepy 來形容（而且你現在也知道為什麼川普上面的那句話被視為一個大問題），不過，我們還是來看一些例句吧！因為這樣最清楚：「If you wake up at night and see your ex-girlfriend from Taichung next to the bed staring at you, **that's creepy!**」（如果你深夜醒來發現你來自台中的前任在床邊瞪著你，那真的很會令人毛骨悚然。）

又譬如說，「This dog has **a creepy face,** don't let him look at me!」（這隻狗狗的臉好奇怪！不要讓牠看我！）☞ 其實，他在照鏡子～

然後，電話上的女森：Officer, there's a creepy man in my room!（警察先生，我的房間裡有個大變態！）

電話上的警察：Well, what's he doing?（那，他現在在做什麼？）

電話上的女森：He's making love to me!（他在跟我做愛！）

電話上的警察：What! Do you know who this man is?（什麼！妳認識這個人嗎？）

電話上的女森：Sure, he's my boyfriend!（當藍，他是我的男朋友！）

電話上的警察：...

電話上的女森：JUST SHARING! JEEZ!（跟你分享一下不行嗎？！）

玩床上的 Cosplay 玩到瘋了吧！

"Look at those hands, are they small hands? And, [Republican rival Marco Rubio] referred to my hands: 'If they're small, something else must be small.' I guarantee you there's no problem. I guarantee."

"If the hands are too small, something else must be small too!"

" No wonder the T-rex went extinct!.."

翻譯

你看看這雙手,是小手嗎?然後, (共和黨候選人馬可‧魯比奧)有提到我的手說, 「如果他的手很小,那另外一個什麼地方應該也很小吧!」我向你們保證,我的那邊沒有什麼問題,我保證。

生詞

I guarantee
我保證

例句

例 **I guarantee** men who talk about how big they are are usually quite small!
我保證,一直說自己多大多大的男人,一般來說蠻小的!

例 If you date me, the only thing I can **guarantee** is that I won't eat your dog.
如果你跟我交往,我唯一能夠保證的是,我不會吃你的狗狗。

文化解析

川普非常在乎別人怎麼看他的手手！30 年前，就有記者說川普是一個「**short fingered vulgarian**」（短手指的俗人），於是川普就非常，非常不開心，然後開始動不動把自己的手的照片寄給這個記者，就是要讓這個記者知道，他的手很大好嗎！

川普為什麼會這麼在乎這件事情呢？在美國，大家都覺得，如果某個男人的手很大的話，那他的陰莖也會一樣大，也就說，這兩個東西（手跟陰莖）有一定的比例。這好像不是真的，不過我又不確定，然後科學家也不太確定，因為每次要研究這個問題，大家提供的數據都是假的？

科學家：你的陰莖跟你的手一樣大嗎？
手大的人：是啊！
科學家：你的陰莖跟你的手一樣大嗎？
手小的人：當然不是！
科學家：Hmm...

反正，大家發現川普很在乎自己的手手之後，就開始不斷地嘲笑他，所以川普也開始很厚臉皮地跟大家說：(1) 我的手很大！(2) 因為我的那邊也很大！謝謝！

如果你是男性的話，我知道你在看這段文字的過程當中，早已經開始檢察你的手──沒關係，我不會跟別人說！如果你是手小那邊又小的人，你其實也不用擔心！學習川普說：「**I guarantee you there's no problem.**」（我保證那邊什麼問題都沒有！），

如果夠有信心的話，真的不會有問題吧！然後，我們也可以學習川普，只要一直強調某件事情的話，就連續說：「I guarantee, I guarantee!」（我保證）

女森：Can you satisfy me?（你有辦法滿足我嗎？）
男森：I can, I will, I guarantee!（我可以，我會，我保證！）

"Terrible! Just found out that Obama had my "wires tapped" in Trump Tower just before the victory. Nothing found. This is McCarthyism."

翻譯

可惡！剛發現歐巴馬在我快要勝選的時候，派人在川普大樓竊聽。他們又沒找到什麼。這是麥卡錫主義！

生詞

tinfoil hat
鋁箔紙帽（代表迷信陰謀論）

"So Yui made the anteater a special
tinfoil hat just for him,
and the anteater cried for joy!"

例句

例 The anteater wanted to wear a **tinfoil hat**, but his head was too small.
食蟻獸想戴鋁箔紙帽,可是牠的頭太小了,所以戴不上。

例 So Yui made the anteater a special **tinfoil hat** just for him, and the anteater cried for joy!
所以結衣就幫食蟻獸做一個很特別的小小的鋁箔紙帽,然後食蟻獸就開心到哭了!

文化解析

川普就任之後，就上了推特說，競選的時後，歐巴馬都在竊聽他！所以川普非常生氣！不過，政壇上其他的政治人物（不分黨）都覺得這是……不太可能的事情，其實，大家都覺得，川普只是在唬爛大家，因為有太多人開始關注他跟俄羅斯的關係，所以就扔了個煙霧手榴彈。後來，報紙都開始直接說他在說謊，也有很多報紙說，「川普戴上了一個鋁箔紙帽」（Trump puts on his tinfoil hat），咦？這個 tinfoil hat 究竟是什麼呢？

首先，一個 tinfoil hat 應該是錫紙帽才對，不過曾經一直使用 tinfoil（錫紙）的美國人後來開始用鋁箔紙（aluminum foil）來代替錫紙，雖然現在明明都用 aluminum，已經沒有在用 tin，但是大家還會說「Give me the tinfoil!」（幫我拿鋁箔紙！），所以我們說 tinfoil hat 的時候，其實我們在指一個鋁箔紙做的帽子。反正，進過廚房的人一定知道這是什麼東西。

不過呢，為什麼要把它弄成帽子呢？

原來 90 多年前，有一位小說家在書裡寫，政府可能在用無線電波控制人民，所以小說裡面的人只好幫自己做一個鋁箔紙帽，讓政府的電波無法進去自己的腦筋！（好喔。）然後真的有一堆白癡一直以為這樣做真的可以保護自己，因為政府的確在用無線電波控制人啊，所以主要的問題是要怎麼提防！（掩面）

後來，正常人發現這件事情之後，就把「tinfoil hat」當形容詞並用它描述任何「疑神疑鬼」或「妄想狂」的行為，特別是那種

跟陰謀論（conspiracy）或不合理懷疑政府的想法，所以我們最常會說：

－ That's very tinfoil hat.（神經病陰謀論的想法！）

－ That's a tinfoil hat conspiracy theory.（這是一個非常不合理的陰謀論。）

這個梗在美國的電影和影集裡可以蠻常看到的，政壇上也常有人提到 tinfoil hats，所以上面的報紙才會說川普在戴一頂 TINFOIL HAT。（好帥！）

總之，每個國家都有一大堆人會「**wear tinfoil hats**」，不小心遇到這種人的話，那就算你倒楣了！

"Who wouldn't take Kate's picture and make lots of money if she does the nude sunbathing thing. Come on Kate!"

翻譯

要是凱特王妃去做裸體日光浴，有誰不會拍她的照片然後大賺一筆啦！不要這樣子嘛，凱特！

生詞

who wouldn't...?
誰不會

do the...thing
做……事

come on
拜託啦；不要這樣子嘛

例句

例 **Who wouldn't** want to eat a T-Rex steak?
有誰不會想吃暴龍排呢！

例 I don't **do the "going to school thing"**.
我沒有上學的習慣！

文化解析

川普在這裡指的 Kate 是凱薩琳‧密道頓（Kate Middleton），威廉王子的妻子。2012 年，威廉和 Kate 在法國度假的時候遭到狗仔隊的偷拍，因為當時他們在游泳池曬太陽，Kate 只穿比基尼褲，沒有穿比基尼的上衣，因此法國的雜誌就得到了 Kate 的露點照。

川普知道此消息之後，立刻上了推特 PO 文說，任何人有機會偷拍她就一定會偷拍啊，而且可以賺很多錢，也順便叫 Kate 不要那麼在乎，畢竟為什麼會有人想要這樣做，（至少在川普的腦海裡）並不難理解。

川普 4 年之後當上了總統，發現自己遲早要跑去英國跟 Kate 和她的皇室家族見面，不知道會不會感到尷尬？（不會）

這裡有三個非常好用的英文句型可以學！（要學英文喔，不要學人偷拍女森，那是非法的！）

1. **Who wouldn't...?**（誰都會想……）
Who wouldn't 的意思是，「有誰不會……」，這句話非常好用，如果你想跟別人說，某件事情誰都會想做，任何人都會做……等等，你只要說「**Who wouldn't!**」。當然，你也可以在後面直接說出那個動作是什麼，譬如「Who wouldn't want to marry Yui!」（有誰不會想跟結衣結婚呢！），或者「Who wouldn't want to be the next Mrs. Trump?」（有誰不會想當下一任川普太太呢！）☞ 梅蘭尼亞總感覺蠻想退休的呢！

2. **To do the...thing** (做某件事情)

如果你想指出做或參加某個活動，在後面可以加 thing，這會讓你的話有種俏皮夾雜著諷刺的感覺，所以你會發現講這個句型的人，通常都在開玩笑或諷刺別人，不過也有的人只是喜歡這樣講，沒有言外之意。譬如說，「I don't do the "following the law thing".」（我沒有守法的習慣！），或者「I don't do that whole saying sorry thing.」（我沒有道歉的習慣！）

3. **Come on!** (拜託啦；不要這樣子嘛)

「Come on」這句話基本上很像中文的「拜託啦」，譬如「**Come on, don't eat my cat!**」（不要把我的貓咪吃掉了啦，拜託啦！）☞ 這可能是在跟迅猛龍講話。在這裡，川普的用法反而比較像是，「不要這樣子啦！」，譬如說，「**Come on! You never give me a chance!**」（不要這樣子［又拒絕我］嘛！你都不給我機會！）☞ 這可能是迅猛龍在跟你講話。

總之，**Come on** 川普！不要跟 Kate 要裸照！ If you want to do the creepy pervert thing，你去問蒼井空就好了啦！ **Who wouldn't want to!** (Who hasn't!)

"I have so many fabulous friends who happen to be gay, but I am a traditionalist."

翻譯

我有很多超好的朋友，他們剛好也是同男，不過我還是個傳統主義者。

生詞

fabulous
極好，太棒了，有同男的暗示

traditionalist
傳統主義者

例句

例 暴龍： Don't you think my hands are **fabulous**, Trikey?
角角，你不覺得我的小手手很棒棒嗎？

三角龍： Not as **fabulous** as my sweet ass, Rexy!
沒有我的蜜臀好呢，暴暴老兄！

例 In America, **traditionalists** usually can't dance very well, so they are shy people.

在美國，傳統主義者通常不太會跳舞，所以他們是很害羞的人。

文化解析

這則推特文，如果不是美國人的話，就很難知道川普真正的意思，因為川普正在用 coded language（秘密語言）講「我不支持同婚。」

如果你看到美國人（特別是右派或在嘲笑同男的人）說 fabulous（極好的）這個詞，他們應該是在指同男，因為很多諷刺 Gay 的刻板印象裡，gay 就會穿得很華麗，講話的方式又很誇張，像個有女人味的貴族一樣，感覺上這種人很適合用一個很華麗的單字（fabulous）代替一個正常的：譬如「good」或「nice」。所以，有一段時間，電視上或電影裡的同男角色都會講這個台詞，什麼都很 FABULOUS，後來同男比較被接受之後，這個稍微有歧視色彩的台詞就消失了，不過大部分的美國人多少還是覺得，「fabulous」這個單字＝ GAY。

不過，有趣的是，川普本來就很愛用 fabulous 代替其他的單字，只要是他喜歡的東東，他就會說「so fabulous!」所以，他在這裡說，他有很多「fabulous」的同男朋友，實在令人尋味，因為他本來就有這個說法的習慣，所以我們就比較難說他在用這個單字歧視別人──不過，我想他應該是故意玩弄大家吧。

川普在這裡還說，自己是一個 traditionalist（傳統派的人），很多台灣人可能會覺得，咦，這跟你的那群 fabulous friends 有什麼關係？事情是這樣，在美國 traditionalist 是一個暗語，如果你說自己是 traditionalist 的話，這就等於說：

1. 你反對同婚

2. 反對墮胎（也可能反對避孕）

3. 反對性別平權

4. 反對多元的社會

5. 也大概蠻反對移民，特別是非白人或伊斯蘭教徒

所以下次接觸到美國的媒體，多多留意這兩個詞！看看你能不能發現講話的人真的想說的是什麼！

"My Twitter has become so powerful that I can actually make my enemies tell the truth."

我的推特已經厲害到——我可以讓我的敵人吐出真話！

生詞

to be delusional
幻想

powerful
強大，厲害

a sinus infection
鼻竇炎

例句

例 Because the anteater was **delusional** and thought he was a human being, he tried to eat a cupcake with his nose and got a **sinus infection**.

因為食蟻獸開始幻想，以為自己是人類，就試著用鼻子吃杯子蛋糕，然後就這樣得了鼻竇炎。

例 This bomb is so **powerful** that it can destroy all your embarrassing childhood memories.

這顆炸彈厲害到可以炸掉你所有難堪的童年回憶。

文化解析

這則推特蠻有趣的，川普覺得，他透過推特跟人放話的能力已經強到，可以用這個推特帳戶強迫自己的敵人講真話！

這個概念實在是很逗人，不過川普在這裡應該是在開玩笑的，甚至我認真覺得，他大概是用星際大戰的梗吧！星際大戰裡面的人物常常提到 **so powerful that** 這種話，特別是反派角色白卜庭（就是建造死星 The Death Star 的那個壞人），譬如說，「**Your hate has made you powerful!**」（你的仇恨讓你很強大！）

不過，我想美國人最容易想到的星際大戰名言大概是在《曙光乍現》裡，歐比王・肯諾比跟黑武士決鬥時說的一句話：「If you strike me down, I shall become more powerful than you can possibly imagine.」（如果你擊敗我，我會變得比你想像的更為強大）。或許，川普想告訴我們的就是，你可以用媒體打死我，可是這只會讓我的推特更強大！（這是恐怖片吧）

其實，這種梗蠻常見的，所以你不妨之後多留意，也可以考慮看 70 年代星際大戰的三部曲——00 年代的，我反而不推薦！

Does your house have ants?
Would you like to solve your problem
without paying a cent?
Then why not call an ANTEATER?!
Our Friendly Anteaters will eat your
problem right up!

你的房子有螞蟻嗎？ 想不想免費解決你的問題？
不如就請個食蟻獸過來幫忙？！
我們公司善良的食蟻獸會把你的問題吃光光！

CALL TODAY!
1-800-ANTZ4ME

今天立刻來電：1-800-ANTZ4ME

"Ariana Huffington is unattractive, both inside and out. I fully understand why her former husband left her for a man – he made a good decision."

翻譯

阿里安娜 · 赫芬頓表裡皆醜。我完全可以理解為什麼她的前丈夫為了一個男人而拋棄她。他做了一個很好的決定。

生詞

inside and out
表裡 → 100%

unattractive
不吸引人 →醜

I fully understand
我完全可以理解

to leave someone for...
為了誰而分手 / 離婚

例句

例 **I fully understand** you are upset that my Velociraptor ate your dog, but please try to understand, this Velociraptor is my wife!
我完全可以理解你不開心這隻迅猛龍吃了你的狗狗，可是請體諒我！這隻迅猛龍是我的妻子！

例 **I left my wife for** a cute Velociraptor.
為了跟一隻可愛的迅猛龍在一起，我跟我的太太離了婚！

文化解析

阿里安娜‧赫芬頓（Ariana Huffington）是哈芬登郵報（The Huffington Post）的創辦人，而且因為哈芬登郵報一向被視為左派的報紙（自由時報＝民進黨，哈芬登郵報＝民主黨），川普就蠻不喜歡這個報紙，再加上去年競選的時候，哈芬登郵報每篇關於川普的文章裡，都會加上幾句罵他的話，我覺得我們可以說，川普算是超討厭這個網站吧！

不過，川普本來就不太會把組織跟人分開，所以他都一直把阿里安娜‧赫芬頓當作一個出氣筒，就好像每句罵他的話都是她自己親自寫的。老實說，阿里安娜也一直都很積極的攻擊共和黨，所以他們之間會有衝突是一定的，不過川普反擊的方式也蠻狠的！

川普說阿里安娜是 unattractive（沒有吸引力→醜），而且是 **inside and out!** 這句話的意思是說，這個人的外表很醜，心裡也非常醜！其實，這個 **inside and out** 蠻有用的，如果你要說，某某人有某種特點，而且非常有這個特點，你可以說：
She's beautiful inside and out!（100% 美！）
He's cute inside and out!（100% 可愛！）
She's awesome inside and out!（100% 棒！）

接下來，川普就說「**I fully understand**」，這句話很簡單，意思是「我可以完全理解」，不過我很少聽到台灣人用它，所以我非常推薦大家把這句話學起來！只要你要讓人了解，你完全可以理解某件事情，這句話可以表達你有多認真，你有多關心！譬如說，「I fully understand you are upset that I ate the last

100

piece of cheese cake, but don't you think castrating me is a bit of an extreme reaction???」（我完全可以理解妳非常不開心，因為我把最後一塊起士蛋糕吃掉了，但是妳不覺得閹割我是個有點極端的反應嗎？？？）☞警察先生！就是那個拿剪刀的女生！趕快逮捕她！！！

反正，川普可以「fully understand」什麼呢？他完全可以理解為什麼，阿里安娜的 husband left her for a man! 這句話是什麼意思呢？To leave someone for someone else＝為了另外一個人離開你的男女朋友或配偶，譬如說，「I left my wife for a cute Velociraptor」（為了跟一個可愛的迅猛龍在一起，我跟我的太太離了婚！）。☞迅猛龍不吃起士蛋糕，跟迅猛龍交往比較安全！

總之，不要說川普很笨，如果他要對你狠的話，你一定會被弄得很慘！

Tweets can hurt more than fists! 有時候，推特文比拳頭還要痛！

"How low has President Obama gone to tap my phones during the very sacred election process. This is Nixon/ Watergate. Bad (or sick) guy!"

翻譯

歐巴馬總統到底有多 LOW ？在神聖的大選過程竊聽我的電話。
這簡直是尼克森／水門事件。這個人好壞（或腦子有問題）！

生詞

to tap
竊聽

sacred
神聖的

sick
有病，有問題的，很奇怪的

例句

例　（交往前）I believe privacy is **sacred** and one's partner should respect that.
我相信自己的隱私是神聖的，自己的伴侶一定要遵守這一點！

例　（交往後）My girlfriend is **tapping** my phone, and that's fine, because she is very beautiful.
我的女朋友在竊聽我的手機，但我覺得沒問題，因為我的女朋友好美。

文化解析

川普為了模糊焦點（不要讓人一直關注他跟俄羅斯的關係），他就一直指控歐巴馬，說歐巴馬竊聽了川普的大飯店，對於這件事情的真實性，美國的調查局和國會小組已經委婉地表示，他們不太相信川普的話。

不過，對我們來說，比較值得關注的是川普的比喻，他說這件事情跟 Nixon/Watergate 一樣：這又是什麼東西？

尼克森是美國 70 年代的總統，他做了很多不太好的事情，後來被抓到了，也被彈劾了。他被發現的關鍵就是，有一天，一群人搶劫民主黨全國委員會水門綜合大廈的辦公室，目標是把一些機密文件之類的東西拿走，後來他們被抓到了，而且有人發現他們跟尼克森有關係，所以美國的國會開始調查這件事情，然後一瞬間發現這位總統正在做很多壞事，所以也就開始彈劾尼克森，不久之後，尼克森就辭職了。現在，美國人說 Watergate 的時候，他們在指尼克森那時候所做的非法事情，不只是只叫人闖進水門綜合大廈偷東西而已。

反正，如果政治人物把 Watergate 拿出來做比喻，這在美國算是非常嚴重，所以大家不會輕易地這樣做，而川普突然在沒有任何證據的情況下，一直這樣說，有讓不少人挑起眉毛。

這則推特也有兩個好用的英文說法可以學：

To tap a phone 就是竊聽某人電話的意思，譬如說，
小三：Baby, I need you.（北鼻，我要你～～）
男人：My girlfriend is tapping this phone, don't say that!（我的女友在竊聽，不要說這種話！）

川普也說，歐巴馬是一個 **sick guy**，這裡的 sick 是指什麼？其實，這個 sick 不是生病或性變態的意思，它比較像是瘋子或怪人的意思，不過同時 sick 有時候三種意思都可以並存，所以聽到這個詞的時候，要注意語境！

帥哥：I'm using Trump's tweets to learn English!（我在用川普的推特學英語！）
北七：You're sick!（你的腦子有問題耶！）

說不定，那個北七是對的……

"When Mexico sends its people, they're not sending the best. They're not sending you, they're sending people that have lots of problems and they're bringing those problems with us. They're bringing drugs. They're bring crime. They're rapists… And some, I assume, are good people."

翻譯

墨西哥把自己的人民派過來時，他們派過來的並不是他們最好的人選，他們不是派像你們（觀眾）一樣好的人，他們派問題人物過來，然後這些人會把這些問題都帶過來給我們：他們帶來了毒品，他們帶來了罪犯，他們是強暴犯……然後，我假設，有些也是好人啦。

生詞

to send
派，寄

to take someone home
送人回家

例句

例 I **sent** the police to find my girlfriend after she was kidnapped by weasels.
我的女朋友被黃鼠狼綁架之後，我就派警察過去找她！

例 Don't let the U.S. president **take you home**, it would be dangerous!
不要讓美國的總統送你回家，那樣會很危險！

文化解析

只要你稍微接觸過關於川普的報導，你應該有聽過這段話，特別是「墨西哥人是強暴犯」這句。

你會發現，rape 跟政治有一個很悠久的歷史，因為大家本來就怕自己的姊妹或老婆被性侵，所以會對這樣的議題特別敏感，這個道理在任何國家都通，可是美國的政客似乎特別愛用這件事情攻擊移民。我甚至懷疑，大家對亞洲人的接受度會比較高，是因為美國人（白，黑，中南美）都把亞洲男視為女性化的男性，也就是說，不覺得他們有危害到自己人的可能性（當然，這不是真的，我完全不同意）。總之，性跟膚色在美國有一個很奇妙的關係，你如果去美國的話，可以自己慢慢觀察大家的行為，看看能不能觀察到一些有趣的問題！

那我們來看英文的部分！ Trump 在這裡說，墨西哥在 sending people to the US，這裡的 send，台灣人很容易用錯，所以我們先來分析它一下吧！

首先 send 並不是送人回家，送人到學校……等等的意思喔！這裡要用 take someone home， took someone to school 才對！譬如說，「Don't let President Underwood take you to the train station, it would be dangerous!」（不要讓下木總統送你到捷運站，那樣會很危險！）

Send 主要有兩種意思，第一個是寄，譬如寄包裹（send a package）或寄信（send a letter），譬如說：「I sent my girlfriend a stuffed zebra specimen.」 （我把一個斑馬標本寄給我的女朋友） ☞ 後來變成前女友，她似乎不喜歡，不知道為什麼！

但是這個 send 並不是川普在用的 send，川普用的 send 是「派人」的意思，譬如說 send the army（派軍），send help（派人過來幫忙），send the police（派警察過來），所以川普的意思真的蠻誇張的，他的意思是，墨西哥在刻意把一些強暴犯和販賣毒品的人派過去美國！反正呢，我們來看個例子：
「I sent the police to find my girlfriend after she was kidnapped by weasels.」 （我的女朋友被黃鼠狼綁架之後，我就派警察過去找她！） ☞ 我可以派警察，因為在這個例句的世界裡，我是國王，喔，還有，我的女朋友是結衣。

川普，你不可以碰我的結衣喔！

"Our great African-American President hasn't exactly had a positive impact on the thugs who are so happily and openly destroying Baltimore."

翻譯

我們偉大的非裔美國總統沒有真正為黑人暴徒帶來正面的影響，他們還是開心地公然摧毀著巴爾地摩。

生詞

thug
暴徒（有民族歧視的意涵）

African-American
美國黑人

a positive impact
良好的影響

great
偉大的（諷刺）

to destroy
破壞，摧毀

例句

例 Our **great** government has accidentally fired a missile at a harmless shipping boat.
我們「偉大」（愚蠢無能）的政府不小心向一個無害的漁船發射了導彈。

例 Yui has had a **positive impact** on my life!
結衣給我的人生帶來很良好的影響！☞ 在自己的想像力裡吧。

文化解析

這句話到底在講什麼？如果你不是美國人，這句話就算翻成中文，一樣會看起來是火星文吧！首先，川普說「Our great African-American President」（我們偉大的非裔美國總統）就是諷刺歐巴馬，African-American President 這個部分沒什麼問題，歐巴馬就是美國第一個非裔美國總統，這是件好事情，可是川普用了 our great（我們偉大的……）就有非常濃厚的諷刺色彩，所以後來的「非裔美國人」的部分就變成嘲笑歐巴馬是黑人這件事情——對外國人來說，很難看得出來吧！

其實，如果你批評人的時候說，那個人或事情是 great，大家就會把這理解為諷刺，譬如說：
「Our "great" researchers at Ghost Island National University have spent 100 billion dollars inventing a mouse that sings karaoke!」（我們「偉大的」鬼島國立大學研究團隊花了 1000 億美元發明一隻可以唱 KTV 的小老鼠。）☞ Siri 輸定了！

再來，我們看看「hasn't exactly」，這兩個字不起眼，但是通常只有諷刺人的時候才會用它！「Hasn't exactly」是「不完全是」的意思，如果你說某個東西 hasn't exactly 怎麼樣，意思其實不是「不完全是」而是「完全沒有，幹！」，譬如說，你一直騙你的女朋友，一直偷吃，那你 haven't exactly been faithful（不完全忠實 ☞ 完全不忠實！），我們來看一個例句：
「I opened a store to sell anteaters as pets, but it hasn't exactly been successful.」（我開了一家店，要把食蟻獸賣給人

112

當寵物，但這家店後來非常失敗！）👉 或許，這是因為螞蟻很難找，食蟻獸會抱怨你都不幫牠找吧！

再來，川普就提到了 thugs，一個 thug 是什麼呢？ Thug 本來就是惡棍或暴徒的意思，可是後來在美國，這個詞被專門用來說黑人的不良少年，所以川普在這裡是委婉地說，「歐巴馬這個老黑都不能控制黑人的那些年輕暴徒，所以你們需要我這個懂事的白人來處理。」

看來是很簡單的一句話，原來藏著這麼多髒東西！

喔，對了，川普提到的城市 Baltimore 是馬里蘭州的巴爾的摩，美國犯罪率最高的城市之一，在美國大家都會把 Baltimore 當一個問題城市，甚至有人把跟 Baltimore 警察相關的真實故事拍成影集（The Wire 👉 火線重案組），這個影集被視為美國電視影集當中最成功的影集，所以如果你喜歡追美劇，又想更了解川普為什麼會特別點出這個城市，可以去看一下噢！

"I think the only difference between me and the other candidates is that I'm more honest and my women are more beautiful."

翻譯

我認為我跟其他候選人之間唯一的差異就是，我比較老實，還有我的女人比較正。

生詞

The only difference between X & Y is Z
X 跟 Y 之間唯一的差異就是 Z

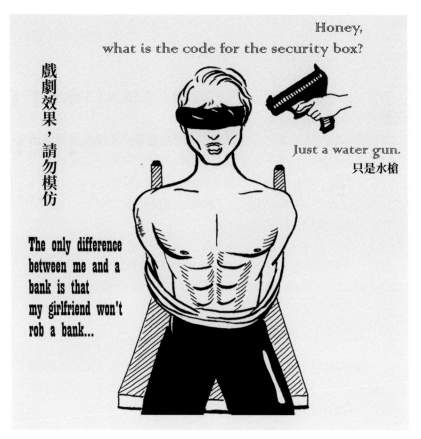

例句

例 **The only difference between** men and women is that women are right.
男人跟女人之間唯一的差異就是，女人都是對的。

例 **The only difference between** me and a bank is that my girlfriend won't rob a bank.
我跟銀行唯一的差別就在於，我的女朋友不會搶劫銀行！

文化解析

川普在這裡用的句型蠻好用，如果要比較兩個東西，是相當好用的！「The only difference between X and Y is Z」（X 跟 Y 之間唯一的差異就是 Z），雖然意思有點簡單，不過沒有背過句型，要用的時候就不一定能說得出口吧！我們來看一個例句：「The only difference between anteaters and weasels is that anteaters are way sexier.」（食蟻獸跟黃鼠狼之間唯一的差異就是，食蟻獸就是比較性感！）

還有，「The only difference between Donald Trump's hair and a mop is that a mop would make a better wig.」（川普的頭髮和拖把頭唯一的差別就在於，拖把頭還比較適合當假髮呢！）

好，我們正經點好了！川普提到候選人的時候，就說 candidate（候選人），這個你應該明白，不過你不覺得這個單字長得很奇怪嗎？我們來看看 CANDIDATE 的來源好了！

原來，這個字的來源相當有趣又諷刺（所以才適合當政治用語，哈哈！）。古時候的羅馬人有自己的共和國，這個共和國在很多方面都跟現代的民主國家一樣，特別是選舉這方面，所以每年都會有一大堆政治人物在街頭上跑來跑去拉票。

古時候的羅馬人穿的衣服很特別，這件衣服叫做 Toga（托加長袍），然後只有羅馬公民才可以穿！在那個時候，可以當羅馬公民的話，會有各種好處，就像現在拿美國的護照一樣，所以這件衣服雖然有點奇怪（羅馬的鄰居曾經調侃過這件衣服），但它畢

竟是代表你有羅馬公民的身分，所以羅馬人引以為傲，甚至會叫自己 The People of the Toga（托加之民）。

所以，拉票的時候，政治人物一定要（一定要！）穿托加才好，就像美國的政治人物要佩戴國旗胸針。在那個時候，羅馬人有漂白衣服的習慣跟技術，然後候選人的托加長袍就會漂白得很白很白很白，比日常生活漂白的白白很多（去投幣式洗衣店跟去乾洗店之間的差別吧）。反正，這種白色叫做 candidus，然後「被美白了」是 candidatus。後來，這個 candidatus 就變為我們所熟悉的 CANDIDATE（被美白者 ☞ 候選人）。

我覺得這個單字蠻適合政治人物，因為他們就是被美白了吧，他們其實不那麼漂亮，他們畢竟都是骯髒髒的政治人物……但選舉的時候就會洗一洗自己的衣服，然後穿著燦爛的白色長袍出現在我們的面前騙我們。

只不過是，我們都被騙得好開心～～～

"All of the women on *The Apprentice* flirted with me – consciously or unconsciously. That's to be expected."

翻譯

上《誰是接班人》這個節目裡所有的女人都跟我調情過，不管是有意或無意地。[對我來說，] 這樣很正常。

生詞

to flirt
調情

a flirt
花心的人

that's to be expected
這樣很正常，那是理所當然的

That anteater is such a flirt!
He's flirting with Tuantuan AND Yuanyuan!

例句

例 That anteater is **such a flirt!** He's **flirting** with Tuantuan AND Yuanyuan!
那個食蟻獸真的很花心耶！他正在同時跟團團～還有～圓圓調情耶！

例 媽媽：Our child spent a month with his grandma and now he's super fat!
我們的孩子住在他阿媽家一個月，然後他現在超胖的。

爸爸：**That's to be expected.**
那是理所當然的。

文化解析

The Apprentice《誰是接班人》是川普主持的電視節目，我想大家都蠻熟悉這個節目的內容，就是川普會邀來一堆菜鳥，然後看看誰有辦法變成企業家，不行的那些就會被炒魷魚——You're Fired!

反正呢，川普在這裡說自己的女人緣很不錯，甚至周圍的女人都動不動對他示好。對於川普周圍的女人真正的看法，我實在是不太清楚，不過我覺得川普這樣講真的有點聰明。如果你是喜歡川普的觀眾，他這樣講不會難聽，你佩服的男星很受歡迎，這很自然！川普如此自在的自信，也會令人更容易感覺到：「這個人與眾不同」，「這個人跟我們不一樣！」……等等，然後這都有助於川普培養自己的品牌。

不喜歡川普的人呢？我不用說，他們一聽到這句話就會爆怒，氣川普自大，氣川普把女性物質化，總之就會氣爆了。可是這句話，該如何攻擊呢？川普這樣說，雖然從某個角度來看真的有些討人厭，但同時相當難以反駁，如果你要寫幾千字的文章證明他物化女性或他自我感覺良好，你早已經輸了，因為大家只需要用一秒就聽懂他這句話，可是你又臭又長的小作文需要很多時間處理，所以還是川普勝利。如果你要用更直接的方式反駁，你又能說什麼？「你錯了！那些女森根本不喜歡你！」

直接攻擊如此有信心的人，只會顯得非常小氣吧！所以，推銷自己的時候，把自己講的很好，同時把自己的優點講得夠模糊，而且不怕講得誇張一些，真的可以達到一定的效果——不過，要不要這樣做是屬於個人道德和修養問題吧！

川普的這句話又有兩個蠻好用的英文說法：

(1) **Flirt**（調情，搞曖昧）
Flirt 這個詞當然需要一個對象，所以必須用 with 這個介系詞（不要忘記喔！），譬如「Godzilla is flirting with King Kong!」（！？）［哥吉拉跟金剛在調情！］，然後一個喜歡到處跟人調情，善於拈花惹草的人，我們可以說是一個 flirt（這樣用的話，flirt 就會變成名詞），譬如說，「My grandma is such a flirt! She loves those Taichung grandpas!」。（我阿媽真的很花心耶！她就是愛和那些台中市的老爺爺調情調情。）

(2) **That's to be expected**（這樣很正常）
很多人都以為 expect 和期待是同一個意思，不過它們其實不是！期待的英文是 to look forward to，而 expect 的意思比較像是，你認為某件事情會發生，你覺得某件事情很正常，而這件事情是好還是壞，反而是不一定，這要看一整句話才知道！所以：
一 **I've been expecting you**，並不是「我一直都期待你」，而是「我一直在等你」（因為我 expect you will come）。
一 **I expected that**，不是你很期待某件事情的意思，而是「我早就知道會這樣」。

所以川普的「**That's to be expected**」只不過是說，所有的女生都愛他，這是非常正常的事情，不用大驚小怪！

"I will build a great wall – and nobody builds walls better than me, believe me – and I'll build them very inexpensively. I will build a great, great wall on our southern border, and I will make Mexico pay for that wall. Mark my words."

DEAR TRUMP,
I thought this was a Qin
dynasty thing!

Great wall, China

"I will build a great, great wall on
our southern border, and I will make
Mexico pay for that wall."

翻譯

我要蓋一道偉大的牆，──而且沒有人比我還會蓋牆的了，相信我！我還會蓋得很省錢。在我們南部的邊境，我會建一道非常偉大的牆，然後我會讓墨西哥買單。你們給我記住！

生詞

mark my words
你給我記住！

例句

例 **Mark my words,** I will kill the man who stole my pig blood pudding!
你們給我記住，我一定會殺死偷我豬血糕的那個人！

例 **Mark my words,** if you let the monkey come to KTV one more time, I will hit you!
你給我記住！如果你再一次讓猴子來跟我們一起唱 KTV，我會打你！

文化解析

大家都知道川普要蓋一道牆（我怎麼突然想到郭靜的歌？），然後他最近一直忙著說服其他的政治人物幫他實現這件事情，不過……說真的，大家都不太願意，包括川普的盟友，原因很簡單，這樣的牆根本沒用，無法防止毒品，更無法防止非法移民（大部分都是合法入境，然後就不走這樣），這些東西當然要防止，不過蓋牆根本不會有任何幫助，而且蓋它超貴的，浪費那麼多錢，根本就很荒唐！

既然兩黨的領袖都這樣覺得（很難得），那川普為什麼還硬要蓋呢？為什麼會起這個念頭呢？其實，原因很簡單。

大家都知道有些人和毒品會流進美國，可是一般人也不太了解保護邊境事實上要怎麼做比較好，而且左派本來就有人提倡，讓想要進來的人都進來，所以右派的一般投票者就覺得，蓋牆聽起來非常合理，而且這個 IMAGE 令人印象非常深刻，所以川普就做了一件很聰明（或笨）的事情：他答應大家他會蓋這道沒有用的牆，於是大家都自嗨很久，發誓會支持川普一輩子……等等。

因為哪裡的人都一樣，很複雜的問題會影響到我們的生活，可是我們根本不了解這些問題有多複雜，我們只知道那些很簡單的負面效果，所以當我們聽到專家說出一些很複雜的道理，很多人就會關機，可是如果你跟大家說一個很簡單的 IDEA，譬如「我們可以蓋一道牆解決我們所有的問題！」，很多人就非常喜歡又相信。

不過問題是，這樣的解決方案通常又貴又沒用，可是大家都在等川普蓋他的美國長城，雖然沒有理由去蓋，但因為政治考量他又不能不蓋。

川普最後一句話是：「Mark my words!」（記住我的話），這句話非常像電影台詞，通常是正在發誓會報復人的時候說的，譬如說，英雄被抓到了，壞人開始打他，所以英雄就看著壞人說：「I will kill you! Mark my words!」（我會殺死你，記住我的話！）

所以對於為什麼川普要這樣說，也不難理解，他就是要報復墨西哥。

"Robert Pattinson should not take back Kristen Stewart. She cheated on him like a dog & will do it again – just watch. He can do much better!"

翻譯

羅伯特 · 帕丁森根本不該讓克莉絲汀·斯圖爾特重回他的懷抱！她就像一隻野狗劈腿了，之後也會繼續的！你們看著好了——他明明可以找到更好的女人啊！

生詞

to cheat on someone
劈腿

to take back
原諒並繼續在一起

例句

例 My husband **cheated on me,** but I **took him back** because he is very good at holding my purse for me.
我的丈夫劈腿了，不過我後來原諒了他，因為他幫我提包包的技術真的很好。

例 The anteater **cheated on** his anteater wife with a zebra, because he had a thing for thin legs.
雖然食蟻獸有個食蟻獸太太，牠卻跟一隻斑馬劈腿，因為牠很迷戀細腿。

文化解析

Robert Pattinson 和 Kristen Stewart 是以前演《暮光之城》的那對演員，後來他們就在一起了，然後娛樂媒體非常關注他們，殊不知！女方 Kristen 竟然給大家劈腿！全美國的少女就立刻傷心透了，又開始恨死 Kristen。Kristen，妳怎麼可以背叛妳的吸血鬼情人？怎麼可以？！當時的反應，真的很誇張！就好像 Kristen 是世界上唯一劈腿過的人，從 non-fan 的角度看，一整個事情本來就超扯的。

可是呢，原來不只是少女注重這件事情！川普他本人當時對這件事情也超有意見，而且他就一直 PO 文一直 PO 文，他對這件事情的想法超展開的，甚至後來，娛樂新聞已經沒在報劈腿的新聞，而是報：「川普非常在乎這件事情（？？？？）」。

反正，川普就是覺得，Kristen 劈腿一次之後就會繼續劈腿，狗改不了吃屎這樣，而這說法跟中文有一些相似之處，所以川普就說（她的欺騙就像隻發春的狗！）。狗狗何罪呢？唉！

川普也勸 Robert 不要，這句話的意思是「情人劈腿之後原諒她／他繼續跟那個人在一起」。譬如說：
「My girlfriend cheated on me, but I'm a nerdy loser, so I took her back.」（我的女朋友劈腿了，不過我後來原諒了她，因為我是一個肥宅魯蛇。）

不過呢，川普真的說得一點也沒有錯，如果你的情侶劈腿了的話，放生吧！You can do much better!

……既然如此，如果用文化觀察者的角度看川普的這幾則推特文，我們不妨問：為什麼他突然那麼在乎？他又不是 Twilight 的粉絲（聽說，他看電影的方式是快轉到有爆炸的畫面，然後幾十分鐘內把電影看完），所以他究竟為何如此不開心呢？其實，答案不難發現，川普似乎有蠻嚴重的厭女傾向，不管是把女人物質化或表示女人的身體（月經，餵奶）很噁心，他就是有種跟女人過不去的感覺。所以，他一看到是女人劈腿男人，是男人被背叛，他就很激動，「女人果然就是賤！」等等，所以就馬上上了推特分享他的感受。如果是男明星劈女明星的話，我相信他的反應會很不一樣，因為他根本不會有反應！他自己本來就是連續劈腿犯，他很明顯在搞雙重標準。

不過，如果想一想台灣的情況，你會發現這裡也有蠻多人的想法跟川普很像，畢竟，我們這裡的人也很愛怪女人，女人被抓到在劈腿跟男人被抓劈腿的反應，非常不一樣，甚至這個雙重標準也會擴展到，如果一個男生在外面搞了很一夜情，大家只會覺得，那就是男人嘛，可是如果女生這樣做的話，她就會遭到千夫所指的嚴厲批判。

我想，這個問題在每個國家都有吧，不過，我覺得我們也應該好好地反省，問自己一個問題：「我們真的想跟川普一樣嗎？」

"Do you mind if I sit back a little? Because your breath is very bad— it really is." — To Larry King in 1989 while on TV

翻譯

如果我坐得遠一點,你會很介意嗎?因為你的口氣好臭,真的好臭。——1989 年在節目上對賴瑞・金說的話

生詞

bad breath
口臭

stale breath
稍微有點口臭

death breath
可以殺死人的口臭

dog breath
狗狗般的口臭

morning breath
早上的口臭

例句

例 Godzilla ate too many Americans last night, so today he has horrible **morning breath.**
哥吉拉昨天晚上吃了太多美國人,所以牠今天早上有很嚴重的口臭。

例 大麥町妹: Dude, you have **dog breath.**
老兄,你的口臭跟狗狗一樣恐怖耶!

柴犬哥: Well, duh. I'm a dog!
啊不然咧!我狗狗耶。

文化解析

去過美國的人都知道，大部分的美國人跟川普一樣很怕口臭，所以超市裡面有一整條走道都是口香糖跟薄荷錠，也有一整條走道都是牙刷、牙膏，跟漱口水……等等，這大概是美國人的興趣之一吧，因此說人有口臭也有很多有趣的說法。

Bad breath 是口臭最基礎的說法，譬如：
男朋友：You have bad breath, baby. （妳有口臭，寶貝……）
女朋友：I'm beautiful--- that doesn't matter! （我很美啊，所以沒關係。）

而如果你早上一醒來就有口臭，那你有 morning breath ！（早上的口臭）。譬如：「The weasel ate too much stinky tofu, so today he has horrible morning breath and Yui won't talk to him!」 （黃鼠狼昨天晚上吃了太多臭豆腐，所以牠今天早上有很嚴重的口臭，然後結衣都不願意理牠！） 👉 臭臭的悲劇

Stale Breath 也是一個很有趣的說法，stale 是不新鮮的意思，如果麵包不新鮮了的話，我們也會說 stale bread。所以如果有人有口臭，可是不是很嚴重的那種，只是一點點不好聞，那就是 stale breath，「He has stale breath.」，我們來看一個例子，「I hope Trump doesn't have stale breath when he meets Papa Xi!」 （我希望川普這次去跟習大大見面時沒有口臭！）

不過呢，如果你的口臭真的很嚴重，嚴重到令人想死的話，那你就有 death breath ！譬如說，

男朋友：Let's break up. （我們分手吧。）

女朋友：Why?（為什麼？）

男朋友：Your **death breath** is killing me. （妳的口臭臭得很要命。）

女朋友：Gosh! I just like eating dog food. Is that a crime?! （哎呀，我就愛吃狗食，這難道是罪嗎?）

男朋友：That really depends on your point of view... （這要看個人的立場吧……）

而說到 dog food，如果你的口氣真的很糟的話，我們就會說，你有 **dog breath** ！（狗狗口氣）譬如說，

大麥町妹：Dude, you have **dog breath**. （老兄， 你的口臭跟狗一樣臭恐怖耶！）

柴犬哥：Well, duh. I'm a dog! （啊不然咧！我狗狗耶。）

所以，大家去美國記得多留意這件事情，不然可能會有人跟川普一樣，直接嫌棄你！

"I have never seen a thin person drinking Diet Coke."

翻譯

我從來沒看過一個瘦子喝健怡可樂。

生詞

Diet Coke
健怡可樂

I have never + 過去分詞
我從來沒有～

例句

例 Godzilla **has never had** good skin.
哥吉拉的皮膚從來沒有好過。

例 I **have never seen** a monkey smarter than me.
我從來沒看過比我還聰明的猴子。

文化解析

我們先說一下川普用的語法是什麼，如果你說「**I have never+ 過去分詞**」，這句話的意思是，「我從來沒有～」，譬如說：「I have never seen a chicken steak bigger than my face.——Godzilla」我從來沒看過比我臉還大的雞排－哥吉拉。）👉 這也不奇怪，哥吉拉桑～

又譬如說：「**I have never** seen any monkeys.」（我從來沒看過猴子）看到這句話，我們就懂第一句話了，是不是～

這個句型非常好用，特別是對宅男來說，因為他們大概都需要造這樣的句子：
「**I have never** kissed a woman.」（我沒有吻過女人。）
「**I have never** been offline.」（我沒有離線過。）
還有「I have never been outside my room.」（我沒有離開過我的房間。）

關於川普這句話，他真的很機車！這樣侮辱別人，真的很過分。不過同時他講這句話，其實蠻有道理。如果你不胖，不需要減肥，那為什麼需要喝減肥用的飲料？而且，他這句話另外一個涵義就是，喝這個東西的人，不會成功地減肥，只會胖下去。所以，我們其實可以從這個現象發現兩件事情。

人的動作通常有一個目標，而人的目標通常都是他們不太做得到的事情，所以了解一個人不難，觀察他這種小動作（喝減肥汽水不喝正常的汽水）就可以知道他／她的很多秘密，然後你

136

就可以用這些小事情影響那個人的行為。

再來，你如果是一個肥胖的人，你之所以會肥胖，就是因為吃太多了，你喝 Diet Coke 並不能解決問題的根本（吃喝太多），而是盡量避開問題，繼續用一個我行我素的態度吃東西。所以，你態度不好，出發點不對，當然會失敗！

川普講話這麼有道理，其實可以讓我們知道為什麼他會有辦法當選，可是呢，我們也可以從小事情了解大事情，了解為什麼一個聰明的商人會把美國政府搞得像如今那麼亂：川普這句話，是幾年前講的，當時他不胖，現在他卻很胖，然後根據美國媒體的報導，他每頓餐都會喝健怡可樂（……）。

川普很明顯知道，按照自己的標準，喝健怡可樂代表什麼，可是他現在已經是一個天天喝健怡可樂的胖子。明明知道問題在哪裡，卻無法控制自己，就是川普政府的特點，所以我們在這裡也可以學到另外一件事情：知道要怎麼做，跟真的去做，是兩件非常不一樣的事情！

其實，我想再說一說喝汽水這件事情，美國人以前喝汽水只會喝一點點，有點把汽水當下午茶看待的傾向，所以無害於健康。後來很多汽水公司，為了賺更多錢，就開始推廣午餐晚餐都喝的習慣，美國人本來就知道喝那麼多汽水對身體不好，可是久而久之，大家都開始覺得，既然旁邊的人都在喝，那我也喝吧，畢竟很好喝，而且糖和咖啡因越喝刺激身體的效果越小就越想喝更多，所

以大家就開始狂喝。

我 90 年代長大的時候，還記得我 5-6 歲的時候，胖子並沒有那麼多，特別是那種跟鯨魚一樣大的超級大胖子，可是大概到了 1999 年，我突然發現，很多鄰居和同學的家人都一下子開始變胖，而且越來越胖——當然，大家都在天天喝汽水，走在路上的人似乎都拿著超大杯的可樂之類的飲料。

那個時候的「飲食氣氛」蠻妙的，當時大部分的人都被捲走了，所以後來川普也變成喝健怡可樂的胖子，也不是件令人意外的事情——他控制自己的能力就是跟一般人一樣差吧！不過，一般人也不怎麼適合當總統，川普也就是如此不適合，但諷刺的是，很多人看到川普跟自己一樣，無法控制自己，不太適合當總統，就有所心動，投了他一票！

但對於住在台灣的我們，這些事情有什麼意義呢？我認為，台灣之後也很有可能會遇到「一下子爆肥」的危機，也可能會突然選一個很不適合的人當總統（跟政府賭氣！），所以美國遇過的問題，台灣在還沒有遇到的時候，應該要好好地想一想吧，畢竟，在很多方面的事情來講，美國人和台灣人……本來就蠻像的吧！

"They're remaking 'Indiana Jones' without Harrison Ford, you can't do that. And now they're making 'Ghostbusters' with only women. What's going on?"

翻譯

他們要重拍《印第安納瓊斯》可是沒要用哈里森・福特？你不可以這樣子啦！然後他們又要重拍《魔鬼剋星》，可是現在主角都是女人？花黑噴？！

生詞

to remake
重拍

例句

例 If the world was a movie, I think God would want to **remake** it.
如果這個世界是一部電影，我覺得上帝會想重拍它。

例 No matter how many times you **remake** The Ring, the result is still everyone dies.
無論你重拍《七夜怪談》多少次，結果都還是一樣，大家都死了！

文化解析

美國最近重拍的電影很多，為什麼會這麼多？大概有幾個主要的原因，第一個是，現在的特效比以前好很多，所以以前的電影有時候會看起來有點⋯⋯破舊，如果可以重拍的話，感覺上可以給觀眾一個更完整的 VIEWING EXPERIENCE。

再來，電影院主要的客群本來就是青少年，當然，現在的青少年根本沒有機會進電影院看 70 年代和 80 代的電影，甚至他們很可能會嫌棄那些電影，連看 DVD 版都沒有興趣。所以如果可以老片重拍的話，就可以用老的故事賺新一代的錢，而且以前的人喜歡的電影，他們的孩子也大概會喜歡吧？你看看 Jurassic World 的票房就可以知道！

第三個原因當然是，電影製片廠不喜歡冒險，所以如果已經～大概～知道觀眾會不會買票，就會比較願意投資。其實，也有一個問題，美國已經拍了那麼～～～多電影，所以大部分的故事都已經拍過了，而絞盡腦汁想新的東西真的超難，不如用已經在身邊的那些劇本吧。

這樣當然都沒有問題，可是這幾年來，大家就發現，重拍電影的原始版本的 FANS 超介意重拍這件事情，超級介意！而且，如果你動劇情，他們就更怒，所以如果你在拍已經有很多粉絲的電影，譬如說，美國最流行的 Ghostbusters 和 Indiana Jones，只要改原本的故事，鐵粉會立刻開始叫囂！

所以啊，川普比較年輕的年代就是 Ghostbusters 和 Indiana Jones 的時代，所以川普也跟其他那個年代的美國人一樣：不開薰！

一個很有趣的社會問題吧！

"I think Viagra is wonderful if you need it, if you have medical issues, if you've had surgery. I've just never needed it. Frankly, I wouldn't mind if there were an anti-Viagra, something with the opposite effect. I'm not bragging. I'm just lucky. I don't need it. I've always said, "If you need Viagra, you're probably with the wrong girl." — Playboy, 2004

翻譯

如果你需要威而鋼的話，我覺得它很棒，如果你有醫療上的問題，如果你動過手術，不過我自己從來不需要。老實說，如果有效果跟威而鋼剛好相反的藥，我一定要吃它！我沒有吹牛，我只不過是運氣非常不錯，我不需要它。我老是說，如果你需要威而鋼，你大概選錯床伴了。—《花花公子》2004

生詞

Viagra
威而鋼

medical issues
不想解釋的醫療問題

to brag
吹牛

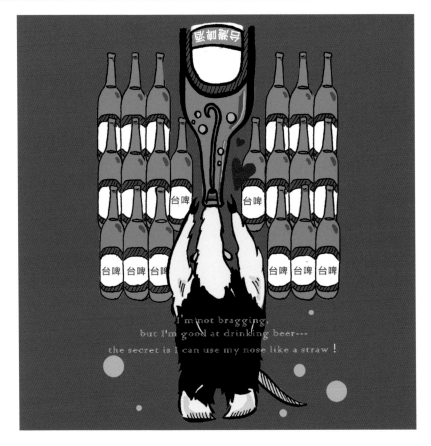

例句

例 If you drink vodka instead of water, you might have some **medical issues.**
如果你用伏特加酒代替水，你可能會有一些醫療上的問題。

例 **I'm not bragging,** but I'm good at drinking beer——the secret is I can use my nose like a straw!
我沒有吹牛，不過我很會喝啤酒，我的秘密技巧是，我可以用鼻子當吸管來吸！

文化解析

看來，川普對他的男子氣概非常有信心！Viagra 也就是威而鋼，一種患有不舉症的男人會吃的藥，不過，也有的人會為了娛樂而吃它（因為可以玩更久），總之，隨著年紀變大，偶而遇到不舉的問題也很正常，所以也有的老人會偶而吃一下暫時解決問題。所以原則上，川普吃過的機率應該很大（因此雜誌才會問這個問題），殊不知川普就告訴記者說，他從來沒吃過！甚至，如果有一個效果跟威而鋼剛好相反的藥（也就是讓人軟掉的藥），他會想吃！因為他知道！因為他就是那麼 MAN，他就是一直準備好來一發！

這段話呢，如果不是嚇死人就是笑死人！

無論如何，這段話有不少好用的英文！川普說，如果你有 medical issues 就可以用威而鋼治療，medical issues 在這裡是一個委婉的表達法，指的就是不舉症。其實，只要你想說，某某人有某種病，可是你不想具體說，還是那個人有很多種病，解釋起來會太複雜，你就可以說，那個人 has medical issues（醫療問題），譬如說：「Godzilla eats too much radioactive waste, so he has a lot of medical issues.」（哥吉拉太愛吃放射性廢物，所以他有很多醫療上的問題。） 這就是說，哥吉拉有放射性拉肚子的問題！

川普又說：「Frankly, I wouldn't mind if...」（坦白講，如果 X 我完全不會介意。），這個句型通常是用在，你很想要 X，可是又不想太直接說，所以就可以 wouldn't mind（不會介意）

而已，但是其實你非常在乎。譬如說：

女朋友：My footsies hurt.（我的腳腳好痠喔～）

男朋友：So?（所以咧）

女朋友：Well...（那……）

男朋友：You want me to massage your feet?（你要我幫妳腳底按摩嗎？）

女朋友：**Frankly, I wouldn't mind...**（老實說，我不會介意啊～）

男朋友：Sigh.（嘆）

最後，我們來看一看這句話：「I'm not bragging, but...」（我沒有在吹牛，不過……）如果你要吹牛，說自己的話，大家通常就會說，我沒有在吹牛（我明明就即將要吹牛），不過（然後我現在要開始吹牛），算是一種假裝自己很謙虛，可是其實就是跩給人看的說法，譬如說：

食蟻獸：「**I'm not bragging,** but my nose is very long. Very. Very. Long.」（我沒有要吹牛，不過我的鼻子好長喔──非常──非常──長）

食蟻獸擇偶的標準，或許就在這裡吧……

"The boob job is terrible. They look like two lightbulbs coming out of her body." — on actress Carmen Electra

翻譯

關於卡門‧伊萊克特拉——她隆乳隆得好糟喔，她的奶奶很像兩個從她身體凸出來的電燈泡。

生詞

boob job

隆乳（口語）

Choose your ideal breast type

COW	PIG	HUMAN

Do you realize I'm a "cobra"?
So I need some boobs in my bra.

The snake wanted to get a boob job,
but the doctor told her it was a bad idea.

例句

例 The snake wanted to get a **boob job,** but the doctor told her it was a bad idea.
蛇小姐想隆乳，可是醫生說這樣做不太好。

例 If you suddenly have huge boobs, people might figure out that you've had a **boob job.**
如果你突然就有很大的胸部，大家可能會發現你有去隆乳喔！

文化解析

川普跟很多比較老派的男生非常重視女人的胸部——不過，女人也很重視自己的胸部，好像全世界都很重視，特別是嬰兒。不過呢，我怎麼覺得，討論胸部的時候，大家最不在乎的就是 BABY 的感受？

反正，如果你這幾十年來關注過川普的話，你就會發現，他很愛批評女人的胸部，他對這個議題非常有意見，當然，很多美國女權主義者也因為這件事情一直抨擊他，不過，她們目前還沒辦法把他弄倒（反而，他好像只會越來越強！）。

但是，川普愛把這些令人難堪的話講出來，可以給我們一個機會想一想這件事情，當然，直接攻擊別人的身體，說他們醜，矮，胖，需要整形，這種行為不太文明，所以一般來說，我們都不會直接說出口。

不過，就算沒說出口，如果我們看到一個很醜的人，或看到一個沒有胸部的人（又或者一個胸部超大的人），我們難道不會知道嗎？我們當然都知道，而且科學研究也證明過很多次，人的外表會影響到我們對待他們的態度，無論是膚色，臉的形狀，或者肌肉多不多。

川普把大家都在想的事情說出口，我們就覺得這是霸凌；但若是我們心裡想這些東西，我們就覺得還好，只要沒有說出口就好。其實，我覺得很多人想要的，並不是你不說，而是你真的不在乎，要你徹底地剷除那個念頭。可是人能做到嗎？人也是動物，在乎

的東西也大概跟動物一樣，所以如果要讓男人不在乎女人的胸部，這似乎不太可能。

我相信，我們都知道，讓人不去注意「某些事情」本來就不可能的，所以文明的人類本來就有選擇──不要說出口，保持表面上的平靜，給人活下去的空間，避免不完美的人一直受到攻擊（畢竟，我們都不完美，所以都會有被攻擊的時候吧）。我覺得，有的人會說，不把某些事情說出來，似乎很虛偽，但說不定人類的社會本來就是這樣子──我們有共識不說不做很多事情，所以我們才有辦法幸福快樂地活下去。

不過，川普最大的特點本來就是違反社會的潛規則，又讓別人覺得他們也可以這樣做，所以川普這種簡單地戲謔女人的幾句話，才會讓美國的女性那麼擔心。

"A person who is very flat-chested is very hard to be a 10."

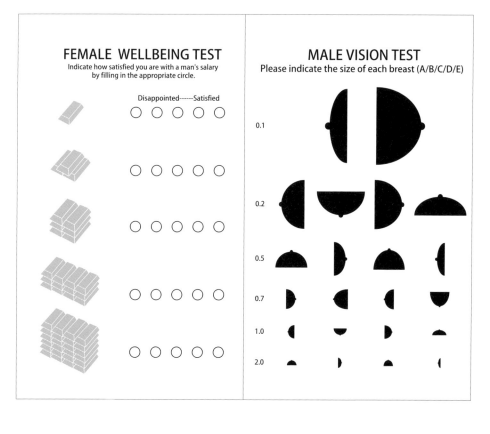

翻譯

一個平胸的人很難當一個 10 分 (滿分) 的人。

生詞

flat-chested
平胸

a 10
外表非常完美的女人

例句

例 Being **flat-chested** is very convenient, because you don't have to buy bras.
如果妳是平胸的話，這就非常方便，因為妳不用買胸罩！

例 If you are **"a 10"** you can receive many "interesting" pictures of men every day.
如果妳是一個外表非常完美的女人，妳每天可以收到很多男人「有趣」的照片。

文化解析

我相信全世界的男人都喜歡給女生打個分數，如果我說，女生並沒有這樣，也是錯的，算是種性別歧視吧，大家都是人，所以就有人類共同的毛病，特別是把別人物質化的行為。幫別人打個分數，不管是胸部還是經濟狀況，都是教育太現實導致的思考方式，其實也是「麵包和愛情，選一個」的思考方式，也是「沒車沒房就不嫁給你！」的思考方式。

如果你的出發點是，人本身沒有價值，他們的價值是「附加的價值」（錢、家族很強）或者「出自於動作的價值」（工作能力、生產能力……等），那人就是被視為血肉做成的工具，如果沒有附加或能力上的價值或利益，這個人也跟狗一樣，因為按照這個思考方式，人的價值主要出於他們跟別人的關係（錢的關係、家庭的關係、工作的關係……等等）。

所以你如果不能帶給別人價值，你就是垃圾，而且如果你有能力抓到有價值的東西，就應該抓過來自己用，因為自己的價值也出於能夠利用別人的價值。

所以，如果你愛一個人，可是他們沒有好的工作，這樣不行，因為你拿到的價值不夠；如果他們變成殘廢，這也不行，因為你的價值跟他們的價值不匹配了。當然，愛一個一無所有的人根本就是荒謬，因為按照這個思考方式，人本身沒有價值，所以那個人根本就不是人，當人的資格出於「給價值」的關係。

所以，如果某人有你想要的價值，別人攔不住你，你拿了這價值，

這又有什麼關係？你的價值出於利用別人的價值的能力，就算別人的感受不好，但你這樣做的話，自己的價值就更高了！你可以我行我素，你又沒有被抓到，你就是一個成功的人。

所以對於為什麼會有人講像川普的那種話，把女人打個分數，說可以亂抓她們的私密處等等，在這樣的社會氣氛之下，也不難理解。

而我自己無法認同這樣的想法，因為我覺得人本身就有價值，跟他們賺錢的能力、健康狀況、年齡、外表……等沒有關係的價值，而且每個人需要（也應該獲得）愛，母愛，父愛，兄弟姊妹的愛，夫妻的愛。其實，我們越把人當物品，就越無法愛他們，越無法愛別人，就越無法接受別人的愛。

所以，一個平胸的女生很難算是非常完美的美女嗎？這可能要看你是用什麼樣的眼光看她，總統先生～

"She's really cute, I have to tell you, she's really bouncy, really cute, She's about 5-foot-1. Do you like girls that are 5-foot-1? They come up to you know where."—on Eva Longoria

Were you saying something about short girls?

翻譯

關於伊娃・朗格利亞——她很可愛。我得跟你說,她很活潑,很可愛,她大概有 5 英尺 -1 英吋,你喜歡 5 英尺 -1 英吋的女孩子嗎?她們的身高會剛好到男人的那個地方。

生詞

cute
可愛

bouncy
活潑 (有胸部大的暗示)

例句

例 That's a very cute cat, make sure no one eats him!
那隻貓咪好可愛!要小心不要讓別人把牠抓來吃喔!)
☞ 可愛的貓咪最好吃

例 She's that kind of bouncy girl that attracts everyone's attention.
她就是那種奶大又活潑的女孩子,大家都會被她吸引!

文化解析

「Cute」在這裡不是台灣人所說的「可愛」，對台灣人來說，「可愛」是一個非常正面的詞彙，不管你是男人還是女人，如果有人說你長得很可愛，你會很開心，如果有人覺得你的行為，你的舉止很可愛，你也不會覺得不好，畢竟，像柯市長那樣的人，明明就是一個超專業超值得尊重的人，可是他也被視為一個很可愛的角色——而且，這樣被看也沒有損害他政壇上的權利。

畢竟，萌萌的有什麼不好！

美國人的「cute」反而很複雜，當然，如果你說某某人很可愛，而且你的語氣帶有讚賞的感覺，這也是一個正面的說法，譬如說，「That guy in my class is so cute!」（我班上的那個男生好可愛喔！），可是這種正面跟台灣人所想的「可愛」就是不太一樣。

其實，大部分的時候，美國人掛在口頭上的可愛帶有一種鄙視的感覺，譬如說，如果你聽到人說，「That's cute.」（淡淡地語氣），這就等於台灣人的「搞什麼啦。」，這句話也有「什麼破玩意」、「我不在乎」的含意。甚至，如果有人跟你吵架，有人跟你狡辯，或如果有人要占你的便宜，或欺騙你，你可以直接戳破他們說，「Stop being cute!」。

有時候，如果你說某人是「cute」這也不是可愛的意思，而是「還好」，「我不會想要」，甚至「讓他離我遠一點，拜託！」的意思。有時候，「He's cute.」跟「他是好人」差不多呢！

這到底是為什麼呢？

什麼才是 cute？小狗狗，小貓咪，小北鼻，笨笨的小孩子，猴子，破壞掉的很有趣的東東——就是一些不完整，沒有尊嚴，無法保護自己的東西才是「cute」，所以如果我說，小狗狗很 cute，這並不是鄙視狗狗，因為狗狗本來就是那樣啊，就是個傻呼呼的小東西！但如果我說一個高中同學是 cute，這又是什麼感覺呢？就是他／她很無害，也有點傻傻的，沒有到性感，沒有到辣，不是大帥哥大美女，可是是我能接受的 quality。

所以，電影裡有人用這個詞描述大帥哥，這也是一種用語言控制人的動作（潛意識下），「你只不過是可愛，我能控制你」。所以，川普用戲謔人的語氣討論一個女人的身體，又說她很 cute，並不是川普隨便說說而已，他就是因為鄙視女性才會把物質化和 cute 放在一起講。

說真的，美國人不是很喜歡 cute 的東西，因為 cute 的前提是無害，被動等等，可是美國人一般來說不是很想當這樣的角色，主動總比被動好，被動的人很容易被視為沒有尊嚴，所以沒有價值，因此不值得去追。

所以，美國的高中少女都會把自己弄得（對台灣人來說）很老，因為她們都非常努力脫離「無害可愛」的生活階段。

所以啊，把這個詞用在別人的身上前，需要先三思吧！

在台灣，如果要說某人的身高 (height) ，就會用
centimeters（公分）來算，譬如：「Godzilla is
definitely taller than 183 centimeters.」（哥吉拉確實比
183 公分高）其實，牠好像比較接近 183 meters 公尺吧！

可是美國不一樣喔！我們都會用 feet（英尺）和 inches（英
寸）算，1 個 feet 有 12 inches，所以如果你是 six feet
and two inches tall（6 個英尺和 2 個英寸）你就可以說，

「I'm six foot two.」

「I'm six foot three.」

「I'm five foot one.」

「I'm five foot four.」

請注意一下！在這裡 foot 是單數的，然後最後的 inch 可
以直接省略掉！

"You're disgusting!"

—Trump speaking to a lawyer who needed to pump breast milk for her baby.

翻譯

川普對一個需要幫嬰兒擠奶的女律師說：「妳好噁心！」

生詞

disgusting
令人噁心

messed up
變態，有毛病

例句

例 The anteater thinks it's **disgusting** to eat ants which are wet, dry ants only please!
食蟻獸覺得吃濕濕的螞蟻很噁心，牠只想要乾的螞蟻喔！

例 If you yell at a woman for breast feeding, that's pretty **messed up**.
如果你罵一個餵奶的女人，那你真的很有毛病吧。

文化解析

「You're disgusting!」很簡單的一句話，它的輕重可能要看你在跟誰說話，川普這一次的「You're disgusting!」是對一個新媽咪講的，川普在法庭處理事情的時候，跟他有糾紛的人的律師剛好是新媽媽，所以就問法官，能不能休息一下，因為她需要幫嬰兒擠乳，於是川普就轉過來看她說：「妳好噁心！」

令人意外的，競選時，注意到這件事情的人並不多，所以你就可以知道當時有多少負面的訊息在飛來飛去，多這個或少這個，似乎完全沒有關係，如果是其他的候選人的話，這一定會成為反對黨的關鍵武器，他們會等到選舉快要到的時候，然後突然跟媒體講，「你知道某某候選人做了什麼好事情嗎？」，然後因為選舉真的快要到，被臨時攻擊的人無法反擊，所以很可能會敗選。

這種臨時的攻擊在美國叫做：OCTOBER SURPRISE（十月驚喜）

所謂「十月驚喜」是甚麼呢？基本上，每個競選美國總統的候選人都會很仔細研究另外一個候選人的背景，努力找出可以讓對方看起來很蠢／糟糕／不道德／不老實的事情，也會整理成一套機密資料，然後按照當下的需要拿出來在某些事情攻擊對方，這是所謂的「oppo research」。一般來說，兩個候選人都會等到十月才出絕招，因為十月的時候大選日快要到，所以如果在這時候（即全民都在注意的時候）開始宣傳某件特別糟糕的事情，可以徹底地抹黑對方，甚至可以徹底地摧毀他：這是所謂的 October Surprise。

不過呢，川普當選那年的 October Surprise 並不是他罵小媽媽噁心這種「小事情」，而是有人發現，十年前有人不小心錄音，錄下了川普承認──他喜歡對女人毛手毛腳。錄音帶裡的川普說了很多，但關鍵句大概是，當他看到辣妹的時候，他喜歡「grab them by the pussy!」（抓住她們的鮑魚）。在美國，這樣突然碰觸別人的生殖器官的行為被視為 sexual assault，而且他在錄音帶也提到曾經企圖強迫某人跟他發生關係，但是沒成功。這很可能可以被法庭視為 attempted sexual assault，可是竟然如此，他還是當選總統！

美國這樣真的有點尷尬耶！

不過，有趣的是，有的人說本來就有一個比 The Pussy Tape 還要燦爛輝煌的 October Surprise ───傳說中的 Piss Tape（川普噓噓視頻）！2016 競選時，就有人請私人偵探調查川普的背景，然後偵探就調查到一些蠻瘋狂的謠言！他跑去請教很多俄羅斯的政府人員川普的事情，就有人說，俄羅斯有川普的把柄──一個錄影帶，因為川普不想讓人知道這個錄影帶的存在，所以他現在被俄羅斯勒索了！

這個錄影帶到底是拍到了什麼呢？有人說，川普去莫斯科時，就刻意去找歐巴馬夫婦住過的飯店，訂了同一個房間，然後為了報復歐巴馬就找了一批俄羅斯的妓女，又叫她們在床上尿尿，讓歐巴馬知道川普多麼偉大（咦！？！）！當然，這都被俄羅斯的特務拍到了……

不管這是不是真的，大選過後，美國的民眾後來發現有這件事情
（maybe），他們就非常嗨，嗨到天天去川普的推特鬧他，然後
現在很多人都說川普是 The Piss Baby（撒尿嬰）。

我合理的假設是，這大概是個（很好玩）的謠言罷了，不過，聽
說私人偵探聯絡過的俄羅斯人後來都開始非常神祕地死亡或被查
水表，所以……或許我們有一天真的會有幸看到川普的 Piss
Tape 吧！

"You know, it doesn't really matter what [the media] write as long as you've got a young and beautiful piece of ass."

翻譯

其實,媒體寫什麼都沒有關係,只要你旁邊有個美臀辣妹就什麼都沒有關係。

生詞

as long as
只要……就

例句

例 **As long as** you have a long nose, all the anteater girls will love you.
只要你的鼻鼻很長,所有的食蟻獸妹就會愛死你。

例 **As long as** you don't mind his small hands, the president is a manly man.
只要你不介意他小小的小手手,總統算是一個很 MAN 的男人。

文化解析

「a piece of ass」是一種物質化女人的說法，把她們當作一塊屁股，連當人的資格都不給，就是屁股而已。如果你在電影裡聽到這個說法，你就可以知道這是負面的台詞，講這句話的人一般來說也是反派的角色。

雖然川普在這裡這樣貶低女性是非常不可取的行為，不過！他這句話也有某種人生哲學的價值──只要你有你想要的東西，別人怎麼說你都沒有關係。不過，如果你想要的東西是，別人一直說你的好話，那你就會非常難以滿足吧。雖然川普都這樣說了，但他很明顯就是那種想要別人不斷地稱讚他，不太有辦法找到幸福的人。

所以他才會說，別人是他可以占領的「a piece of ass」！所以啊，有時候我們可以聽從別人部分諫言，可是不要模仿那人做的事情噢！

Gutter Oil Wholesale

When You Want to Make Your Customers Throw Up, and Don't Want to Spend Too Much Money, We're You're Number 1 Choice!

地溝油批發商店－如果你想讓你的客人吐，可是你不想花太多錢，我們是你的最佳選擇！

CONTACT US TODAY!
1-800-BARFFUN

立即與我們聯絡！1-800-BARFFUN

"I don't want to use the word 'screwed', but I screwed him."
—about doing business with Muammar Qaddafi

"I don't want to use the word 'screwed', but I screwed him."

Trump on renting land to Muammar Qaddafi,

翻譯

關於跟利比亞前獨裁者卡扎菲做生意——我不想說我「幹」了他，不過呢，我就是幹了他啊。

生詞

to screw
擰緊，幹，騙

a screw
螺絲

例句

例 My anteater ate **a screw,** so we had to take her to the hospital.
我的食蟻獸吃了一個螺絲，所以我們只好送牠到醫院去治療！👉 傻傻的食蟻獸，我好捨不得妳！

例 He wanted **to screw** her in the dog house, but she thought the kitchen would be better.
他想要在他們家狗狗的狗屋裡幹她，可是她覺得在廚房來一下比較恰當。👉 她也沒有錯，那個男人怎麼都不想一想狗狗的感受！

文化解析

川普說，他曾經成功地騙了利比亞前獨裁者卡扎菲（Muammar Gaddafi）的錢，誰知道是不是真的！重點是，川普說他 **screwed him**，咦？這是什麼意思呢？

Screw 本來是一個名詞，意思是螺絲，因為把螺絲弄進去的動作很像在擰東西，所以後來 **screw** 也變成動詞，意思是把東西（主要的是螺絲）擰緊。更後來，因為這個插或擰的動作似乎有那麼一點性暗示，所以 **screw** 就開始有「幹人」的意思——當然，這是一個不禮貌的說法。同時，因為被人弄或幹在很多時候有一種「吃虧」的意思，所以 **screw** 也開始有騙人或被騙的意思。

所以，川普說他 **screwed** 卡扎菲，就是說他騙了卡扎菲的錢，至少我希望川普是這個意思，因為被川普 **screwed**（另外一個定義）一定會很可憐！

我們來看一點例句吧～！

「I stepped **on a screw** dropped on the floor by a robot, and that hurt a lot.」（我不小心踩到了機器人掉在地上的螺絲，那真的很痛！）那是機器人的大便嗎？！

「Pandas don't know **how to screw,** so they have to watch Panda Porn to learn how.」（熊貓不知道怎麼行事，所以需要看熊貓 A 片學一學。）👉 該不是日本人製作的吧！

「Colleges really love **to screw** their students with high tuition and worthless classes!」（有的大學很愛搞死自己的學生，讓他們付高學費又上沒意義的課程！） 不知道是哪些大學呢，不過台灣一定沒有這樣的大學，一定沒有吧！對吧？ Hello? Hello...?

Anyway，儘量不要讓別人 screw you 除非你想要被 screwed ！

"We can't continue to allow China to rape our country"

翻譯

我們不能允許中國繼續強暴我們的國家！

生詞

can't allow.... to + V
不能允許 N 繼續 V

rape
性侵

Before election

"We can't allow the monkeys to run our government."

After election

Paris Agreement

"We can't allow the monkeys to get re-elected!"

例句

例 （選舉前）**We can't allow** the monkeys to run our government.
我們不能允許這群猴子執政！

例 （選舉後）**We can't allow** the monkeys to get re-elected!
我們不能允許這群猴子連任！

文化解析

川普說中國在強暴美國這句話，真的蠻強烈了，這幾年在美國，rape 這個議題一直有很多人討論，目前的情況是，大部分的人不贊成拿這件事情開玩笑，甚至有一群人覺得，連提到這件事情都需要先警告大家，你即將要討論很敏感的議題（怕周圍的人曾經被強暴過而感到不舒服）。也有另外一群人，覺得就是要用這個詞，讓人面對這件事情，當然，他們也覺得不能拿這個詞來開玩笑就是了。

所以，川普這樣說，立刻讓不少人很不開心，因為拿 rape 來當比喻，已經被視為不知趣的行為，甚至他們覺得隨便用這個詞，會讓人太習慣這個概念，會模糊焦點，甚至會把這件事情正常化。

不過，川普的支持者比較不會有這樣的觀點，他們當然也覺得 rape 不好，可是不會花很多時間一直去想這個議題，所以對他們來說，這樣的比喻非常 OK，雖然有點 SHOCKING，但畢竟覺得自己是因為中國而失業的人，說不定會以為這兩種情況非常相似。

……不過，講英文的時候，還是不要隨便用這個詞比較好吧！其實，川普這樣描述這件事情剛好可以跟台灣對照一下，在川普正在長大的那個美國，性侵這件事情的「概念」大概是，女人被壞人在荒涼的地方攻擊，而且好的女人也不會被這樣攻擊，因為只有「隨便」穿衣服或「不小心給暗示」的女人才會吸引壞人的眼光，其他強迫人性交的行為都不被認為是性侵，甚至就算你強暴了你的配偶，這也是合法的。

久而久之，美國社會就有開始長大，所以很多以前的想法已經被大家淘汰掉了，這幾年來大家的焦點是檢討受害者的行為，因為以前受害者的背景和性歷史都會被公開檢討，害很多人被性侵又不敢報警，現在的社運非常積極的宣傳「不可以檢討受害者」還有「性侵不能拿來說嘴」的概念。

不過，很多人還是跟川普一樣，就是那種「反正，女生不壞就不會遇到這樣的事情，她多少有點活該！」的傳統態度，這樣的人在自己的同溫層裡，很愛隨便用 rape 這個詞，以表示自己多麼不在乎這個議題──當然，只有川普願意在大眾的面前說出來，可是這樣想的人真的挺多的。

這個台灣的關係其實就是，台灣和美國這方面的問題差不多一樣嚴重，台灣跟美國一樣有一批激進分子在宣傳比較進步的想法，同時也有一個又沉默又不在乎這個問題的大眾，只不過是美國人吵得比較大聲罷了。

國外的月亮不見得真的比較圓吧！很多很多問題每個社會都會有（而且會差不多一樣嚴重），因為人就是人，我們的本性帶來的問題和議題永遠就是那些事情吧！

"Listen, you motherfuckers, we're going to tax you 25 percent!" — on China

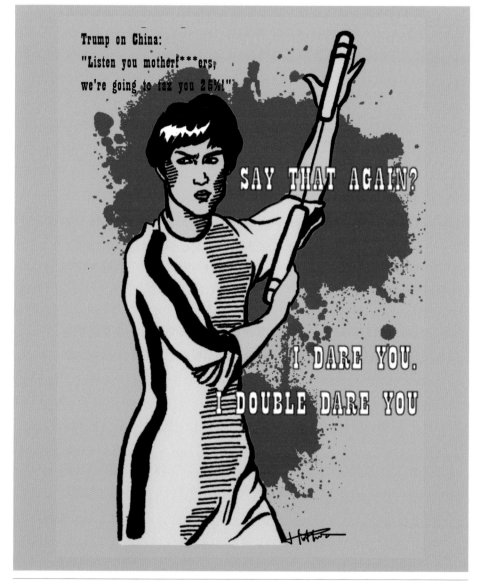

翻譯

關於中國——聽著吧，你們這些混帳東西，我們要課你們 25% 的
稅！

生詞

to tax
課稅

pay taxes
交稅

motherfucker
混帳東西

listen
喂！ (罵人的時候)

例句

例 If you don't want to **pay taxes**, then don't make money.
如果你不想繳稅，那就不要賺錢喔！

例 **LISTEN!** If you don't get me pregnant right now, I am
going to tell your mother!
喂！如果你沒有立刻馬上讓我懷孕，我就要跟你的媽媽告狀！

文化解析

美國人以前很怕日本的經濟會超越美國，然後二戰打輸了的日本
到最後還是變成美國之主，雖然這明明就不太可能，在那時候，
大家都以為日本的泡沫會一直長大，一直長大，可是後來泡沫就
破了！

然後大家發現日本的漫畫很好看，還有口袋怪獸也蠻好玩的，所
以對於日本，大家就放心了。可是後來，中國（因為美國當年很
刻意決定要讓它加入世界的經濟體系）在幾年內就變成一個經濟
強國，所以美國人沒休息多久，就有新的對象可以怕。

反而，美國關於中國的報導這十年來可以分成兩種：(1) 拍中國的
馬屁——哇！5千年的文化！哇！中國人考試好認真！哇！中國
的神秘文化！哇哇哇！，還有 (2) 中國好恐怖！軍隊快比我們強！
之後會控制亞洲！我們要怎麼辦怎麼辦怎麼辦！？！

總之，美國媒體這兩個報導方式就導致超多美國人，一聽到「中
國」這個名字，就會開始碎碎念。加上最近來美國的中國人越來
越多，很多美國人對中國的印象就越來越黑暗。

其實，美國跟中國本來就可以和平共存，中國的崛起不見得等於
美國的衰退，而且美國的政治人物也知道，美國跟中國的關係很
重要，兩個國家不能沒有彼此，所以一向有種不想激怒人民，要
跟中國保持好關係的態度。

不過呢，川普不管這些，川普主張說，因為全球化的關係，美國

人的工作都跑到中國去了，所以美國就應該懲罰中國！這是美國不能做的事情，因為這樣做，就會破壞美國的經濟，也會影響到全球的經濟體系，所以雖然美國人民本來就很想聽一些「打死中國！」的話，美國的政治人物根本不敢挑撥大家的情緒，因為後果會很嚴重。

而川普不管這些，他說中國人是「you motherfuckers」（那群愛幹自己母親的爛人），又說要課稅，讓中國的產品無法來美國，所以很多美國人聽得很樂。

當然，川普就任了之後，很快就放棄了這些說法，因為他本來就不是認真的，他只是要那些被媒體騙的笨蛋投給他。

Mission Accomplished!

"I'll tell you one thing, this is a very good looking group of people here. Could I just go around so I know who the hell I'm talking to?" — responding to a question about using nuclear weapons against ISIS

翻譯

記者問他對 ISIS 和核武器的想法，川普：「我告訴你一件事情，這群人蠻好看的，我可以先繞一圈認識大家一下，了解一下我到底在跟誰說話嗎？」

生詞

I'll tell you one thing
我告訴你一件事情 我跟你們說厚

good looking
好看

nuclear weapons
核武器

例句

例 Only **good looking** people work at convenience stores.
在便利商店上班的人都很好看。

例 If you are a monster, **nuclear weapons** are an excellent midnight snack.
如果你是怪獸，核武器是非常好的消夜。

文化解析

大智若愚這件事情有時候是真的！如果你的臉皮夠厚的話，就什麼都不用怕！有人問川普一些他（似乎）不太想回答的問題，他就決定先不理這個問題，然後開始認識在場的都是一些什麼人。

其實，那個畫面也蠻好笑的吧？剛要上任的總統完全不回應記者的問題，然後自己跑去認識在場的有誰誰誰，感覺有點像電影裡面會出現的畫面，對吧？

不過，你有發現嗎？川普不想回答的問題，早就不是個重點了！大家後來只討論他這樣的舉動如何如何，沒有特別去追問：「那恐怖份子和核子彈呢？！」

川普模糊焦點的超能力，他都用得恰到好處！

在上面的這句話裡，川普的某個動作，蠻值得學一學，就是他一開口就開始稱讚在場的人，其實你會發現，川普蠻常會說別人的好話，他很會讚美別人。雖然大家口頭上說討厭他，不過如果一對一跟他互動的話，他很明顯有自己獨特的魅力。

你也可以喔！在美國很多人開始發言時，就會先說觀眾的一兩句好話，你也不用很誇張，學川普簡單地說，「哇，今天的觀眾怎麼都這麼好看呢！」就好，不過說出口要自然，不能卡卡地，也不能給人一種「練好」的感覺，你要講得讓人有種被關注被欣賞的 FU。

再來，川普就說：「**Could I just go around so I know who the hell I'm talking to?**」（我可以先繞一圈認識大家一下，所以我知道我到底在跟誰說話嗎？）

你會發現，很多美國商人喜歡用那麼一點點不禮貌的話（who the hell I'm talking to），可是說的時候表情很溫暖，因為這樣會讓人覺得，這個人非常好親近，他講話不會太正式，可是感覺還是很 FRIENDLY，「他跟我一樣是 normal person ！」，因為如果可以成功地給人這樣的印象，別人就會比較願意聽進去他們講的話。

喔，還有，在美國開會時，大家很注重先認識一下大家，美國人不會覺得這樣很害羞或尷尬，只要遇到你不認識的人群，就會主動去認識大家。在台灣，大家會比較怕生一些，可是如果在美國表現出一個怕生的樣子，就會吃大虧喔！所以，雖然川普的政策不是很好，但你還是可以向他學習這些優點！

面對新的人群要：
親民！
幽默！
開朗！
積極！
加油～

"There is something on that birth certificate — maybe religion, maybe it says he's a Muslim, I don't know. Maybe he doesn't want that. Or, he may not have one." — on Barack Obama's birth certificate

翻譯

關於歐巴馬的出生證明：「那張出生證明上面一定有什麼奇怪的地方，可能是宗教，或許說他 ［歐巴馬］ 是穆斯林，我不知道。或許他不想要那樣 ［讓人知道上面寫什麼］ 。又或許，他根本沒有出生證明。」

生詞

birth certificate
出生證明

religion
宗教

Muslim
穆斯林

例句

例 **Religion** is a sensitive issue, especially if you are Trump and have no idea what you're talking about.
宗教是一個很敏感的話題，如果你是川普，然後對於宗教一點頭緒都沒有，就更是如此！

例 If you lose your **birth certificate**, you will disappear from the universe and become a ghost.
如果你把自己的出生證明弄丟了，你就會從這宇宙當中消失，然後變成鬼。

文化解析

歐巴馬就任總統之後，很多白種人無法接受這件事情，所以他們就發瘋似的開始創作陰謀論，譬如說，歐巴馬是恐怖分子（？！），又或者歐巴馬是要摧毀美國的同男（！？！），不過後來，美國的瘋子就決定專攻一個點，一直說歐巴馬其實是外國人！驚！（外國人最恐怖）當然，這個說法是無稽之談，歐巴馬在夏威夷出生長大，母親又是美國人，所以無論如何，他就是美國人，不過呢，在網路上的陰謀論世界，他們的事實跟正常人的事實不太一樣。

所以他們就一直說歐巴馬是個死非洲老外，也一直說他如何如何作假，甚至跑去法庭，一直煩法官，所以後來很多人就被罰錢（在美國不能亂提告，不然會被懲罰），總之，他們就鬧了很久，可是後來大家以為這群無法接受黑人總統的人就會安靜了。畢竟，他們又不能怎麼樣嘛！

然後，川普就出來支持他們，其他的名人都不敢接觸這些人，但川普不只敢，他還敢一直出來挑釁歐巴馬，說他是穆斯林，說他是非洲人，說他根本沒有出生證明。

後來，歐巴馬就決定整他，所以選擇他跟川普都在參加白宮記者協會的宴會時，把自己的出生證拿出來給所有的記者媒體名人和政治人物看，又播了一個特別製作的小影片，內容都是針對川普，而且一整個晚上，歐巴馬和主持人一直調侃川普。這就是政治世界的報仇無誤！

不過，有的人說，歐巴馬搞過頭了，因為這樣徹底地侮辱川普，就讓川普產生劉邦和項羽看秦始皇那種「取而代之」的目標！川普那天晚上的眼神，確實蠻恐怖的。我想，當年的歐巴馬一定沒想過，他的繼承人就是那個橘色頭髮的電視明星！

"I had some beautiful pictures taken in which I had a big smile on my face. I looked happy, I looked content, I looked like a very nice person, which in theory I am."

I HAD SOME BEAUTIFUL PICTURES TAKEN IN WHICH I HAD A BIG SMILE ON MY FACE.

I LOOKED HAPPY, I LOOKED CONTENT, I LOOKED LIKE A VERY NICE PERSON,

WHICH IN THEORY I AM."

MAKE AMERICA GREAT AGAIN

"DO YOU GET WHAT IN THEORY MEANS? HEHEHEH"

翻譯

我拍了一些很美的照片，照片裡我笑得很燦爛，我看起來很開心，我看起來很滿足，我看起來是個好人，理論上，我就是一個好人吧。

生詞

in theory
理論上

a big smile
燦爛的笑容

content
滿意

a nice person
一個好人

例句

例 媽媽： Did Little Bi finish his homework?
小畢做完了他的功課嗎？

爸爸： **In theory.** But who knows.
應該有吧，不過天曉得他有沒有真的有把它做完了。

媽媽： Little Bi! Come over here, did you finish your homework?
小畢，過來！你的功課咧？做完了嗎？

小畢： Yeah, but a dinosaur ate it.
有啊，可是後來被恐龍吃掉了。

媽媽： Well, OK then...
是嗎……

文化解析

川普在這裡說，有人幫他拍照，然後照片裡的川普就看起來很友善（a big smile on my face 笑得很燦爛），也說他看起來很快樂（looked happy），也看起來很滿足 (content)，因此照片裡的他就看起來是一個很好的人（I looked like **a very nice person**），然後他就說：which in theory I am（理論上我就是一個好人呢）。

咦？這句話話 (in theory) 是什麼意思？是廢話嗎？

不！

原來是個笑話！在美國，只要聽到人說「**in theory**」這句話，八九不離十，他們的意思就是，「理論上應該是這樣子⋯⋯不過大概不是吧！」，算是種諷刺的說法，所以川普在這裡大概想說的是，「其實，我很壞，嘿嘿嘿」，不過這種話的語氣本來就充滿幽默，所以他一說「**in theory**」旁邊的人大概會笑吧。

如果我們要自己用的話，其實也不難！

最常遇到的用法是，有人說了你不同意的話，你覺得應該那樣，可是也有個很大的機會，不會變成那樣，譬如說：
食蟻獸：So, I hear you're dating Yui.（聽說你跟結衣在一起了。）
黃鼠狼：Um, yeah, in theory.（啊⋯⋯應該算是在一起吧。）
食蟻獸：In theory? What does that mean?（應該算是？那是什麼意思？）
黃鼠狼：It means in theory, like...not actually, but in theory.

（就是應該是吧，理論上，事實上可能沒有，但理論上應該是吧。）

食蟻獸：Explain.（請解釋。）

黃鼠狼：I sent her a letter and said we'd make a good couple.（我有寄信給她，說我們蠻適合彼此。）

食蟻獸：Did she reply?（那她有回信嗎？）

黃鼠狼：Um, that's hard to say. I didn't get a reply, but...she also didn't say no! That's kinda like a yes, you know?（這有點難說，我沒有收到回覆，不過，她也沒有說不要！沒有說「不要」，多少有點像說「要」，對吧？）

食蟻獸：Well, OK then...（是嗎……）

在美國，如果要表示你很懷疑別人的說法，可以用「Well, OK then.」代替「是嗎……」。

這樣的用法就是諷刺的那種，不過如果要在比較正式的情況下用這句話，也可以喔！譬如說，你想直接說「應該 X 可是後來就變成 Y，我正在找理由／原因」，你就可以說「In theory...but in reality...so...」

譬如說：「In theory everyone follows traffic laws, but in reality people don't, so I got hit by a car. I'm a ghost. This is a ghost sentence. Yup.」（理論上，大家都會遵守交通規則，但事實上很多人不會，所以我就被車撞了。我是鬼喔。這是鬼句子。嗯。）

其實，我是洋鬼子而已，鼻要怕了！

"I have a great relationship with the blacks."

翻譯

我跟那些黑的關係還不錯！

生詞

blacks
黑人（有歧視意味）

black people
黑人

African-American
美國黑人

have a relationship with
跟人有關係

I have a good relationship with blind people because they can't see that I'm actually a zebra.

例句

例 "I **have a good relationship with** Nazis" is not a sentence you ever want to say.
「我跟納粹的關係還不錯」就是那種你希望永遠不會說的一句話。

例 I **have a good relationship with** blind people because they can't see that I'm actually a zebra.
我跟盲人的關係還不錯,因為他們看不出來我是斑馬。

文化解析

川普的這句話：「我跟那些黑的關係還不錯！」大概激怒了美國一大半的人吧，不過對你來說，這句話可能看起來還好，對嗎？

我來跟你解釋一下問題在哪裡。

首先，美國的黑人自從很久以前就被大家虐待了，而且大家會用各種事情罵他們，也會用各種侮辱的名字（**n***ger** 等等）稱呼他們，所以美國的黑人，後來對別人怎麼稱呼他們，有非常多意見！（可以理解吧！）

一開始的 **n***ger** 當然不行，**Africans**（非洲人）當然也不太準確，因為他們已經是美國人，不是非洲人，所以後來有兩種說法，一個 **black people**（黑人）另外一個 **African-American**（非裔美國人），我想兩個都有人在用，不過前者可能有比較多人會用吧。

不過，美國白人一向都把非洲人的黑膚色當成一種令人慚愧的事情，所以有相當多人覺得，一直被叫 black 跟被叫 white 蠻不一樣的，因為 white 雖然是用顏色指人種，感覺上不太有負面的意思，畢竟美國的白人沒有遇過因為自己的顏色而受侮辱的事情，可是黑人都有，所以他們蠻多人還是覺得不太舒服。

所以就有人開始用 **African-American**（非裔美國人），如果你不是黑人（親愛的讀者，你大概不是吧？！），那用 **African-American** 討論美國的黑人是最安全的選項。有時候，**black** people 不是不可以，不過你也要先懂對方的想法和感受，有的人會覺得自己被歧視！

不過，上面的這句話，不是說 black people 也不是說 African -American 而是說 the blacks，也就是說，把這個顏色當名詞，然後說這個顏色就等於美國的黑人。所以要把 the blacks 翻譯成中文的話，根本不是黑人，而是「黑的那些」的那種感覺——你千萬不要這樣跟美國人說喔！這樣很不禮貌。

不過，川普都不管這些，因為他是川普，不過你不是川普，所以乖乖地說 African-Americans 吧！

對了，如果要說你跟某人的關係，也可以用川普這句話的語法：「I have a X relationship with Y.」

譬如說：「I have a good relationship with Guan Gong!」（我跟關公的關係還不錯～）

又譬如：「I have a bad relationship with my sister, because I said she looks like Trump.」（我跟我妹妹的關係不好，因為我說她長得像川普。）

忠言刺耳嘛！

"I will be so good at the military your head will spin."

翻譯

軍隊的事情，我會幹得很好，好到讓你團團轉！

生詞

good at
善於

bad at
不善於

the military
軍隊

your head will spin
你會被弄得團團轉

例句

例 She is so **good at** playing monopoly, that she can make her opponents cry.
她超會玩大富翁，甚至玩到讓對手哭！

例 He is so **bad at** talking to girls that he has to talk to his mom on LINE.
他超不會跟女生講話，甚至要跟媽媽講話也只好用 LINE。

文化解析

川普出來說要當總統的時候，很多人都覺得，就算選上了，你根本不懂總統在幹嘛，你更不懂國外的那些棘手問題，那你要當美國的 commander-in-chief（總司令），有辦法嗎？

川普回應這個問題的方式，相當幽默：「軍隊的事情，我會幹得好，好到讓你團團轉！」我們可以先學一學這句話：「I will be so good at X that Y」，你要先說自己擅長什麼，然後再說你擅長這件事情，會導致什麼樣的結果，譬如：
「My girlfriend is so good at eating pizza that she turned into a Ninja Turtle.」（我的女朋友非常愛吃披薩，甚至她後來就變成忍者龜。）

又譬如說：「She is so good at making stinky tofu that I married her.」（她很會做臭豆腐，甚至我就是為了這決定要跟她結婚。）

然後：「I am so good at making my girlfriend angry that she put poison in the stinky tofu!」（我很擅長激怒女朋友，甚至她後來氣到在臭豆腐裡下了毒藥！）驚！

言歸正傳，美國軍隊的領袖就是總統，所以競選的時候，大家都非常關注候選人能不能管好軍隊的事情。你會發現，在美國對於軍隊，有兩種政治派別，一種是 hawks（鷹－主戰派），他們有很多地方想占領！而且，也有很多準備好的開戰計畫，只要可以讓他們滿意的人當總統，就可以開戰，達到他們的目標，有的

是因為意識形態（ideology），有的是為了政治的因素（political factors），也有的人是為了金錢（financial factors），反正，他們就是一群要開戰的鷹。另外一派是 doves（鴿子－主和派），他們反對任何戰爭或軍事事件，所以常常被解讀為反軍隊派。

不過，美國人很愛自己的軍隊，所以被視為不喜歡軍隊的那些政治人物就倒楣了！因此，跟政治界不熟的川普就透過這種戲劇化的說法讓人知道，軍隊的事情，他很會！

這句話確實讓人印象深刻，所以他後來就幹掉了其他的共和黨候選人，因為他比他們還敢說一些令觀眾興奮的話。

對了，這種讓自己的投票群很興奮的話在美國叫做紅肉 RED MEAT，譬如「He is throwing his supporters some red meat!」（他正在說一些取悅支持者的話）。一般來說，這種 red meat 都是一些讓反對黨哀哀叫的東西，所以這樣的話，政治人物還是不敢說太多……不過，也不能說太少喔！

"Part of the beauty of me is that I am very rich."

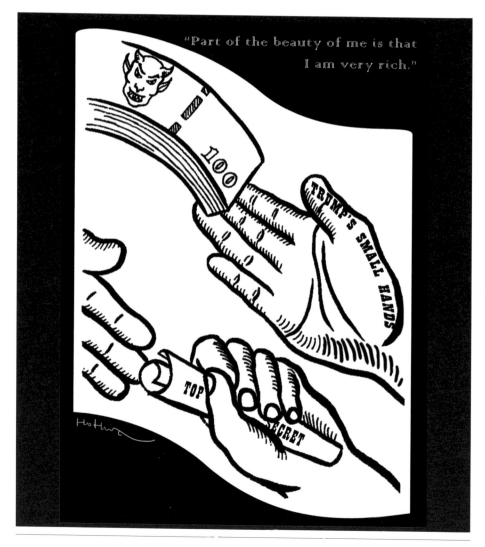

翻譯

我最大的優點就是，我非常有錢。

生詞

The beauty of X is Y
X 最大的優點是 Y

例句

例 **The beauty of** Taiwan **is** the awesome food!
台灣最迷人的優點就是它的美食！

例 **The beauty of** my girlfriend **is** she is good at killing zombies.
我女友最大的優點就是，她很會殺殭屍。

文化解析

川普是不是真的很有錢，目前在美國是一個非常有爭議的議題。有的人說，川普根本只是胡說八道，根本沒有那麼有錢，甚至可能欠的債遠遠大於自己的資產。川普確實曾經破產過幾次，不過，他雖然破產了，雖然失敗了，大家對他的印象一直都是：「這個傢伙很有錢耶！」

一直到他開始競選總統為止，因為在美國，你一旦加入全國的政壇，你所有的優點都會被視為缺點，所有的缺點也會變成大缺點——從反對黨的角度來看，每個政壇上的對手，如果不是智障或邪惡，那就是智障到邪惡！而且，也很醜。

所以一直到要競選總統為止，大家都理所當然地把川普當一個非常有錢的人看待，我們只要看他幾十年來與媒體和娛樂界的互動就可以知道這件事情。其實，就算一大半的美國都討厭死他，他們也潛意識下都把他當一個「very rich man」（如果要用川普自己的話）。

為什麼呢？

原因很簡單：川普知道怎麼跟人說話，又知道怎麼表現出那種大家不敢冒犯的自信，川普說什麼都非常有信心，所以他說自己很有錢，大家很自然地也就相信了。他真的那麼有信心嗎？想一想，你旁邊很有信心的窮光蛋多不多啊？可是他們沒有錢，至少他們無法讓人覺得自己很有錢，或讓一整個國家的民眾佩服自己。所以我想，川普心裡很有信心，不太重要，其實，你有沒有信心，也不太重要！

做任何事情的時候，自己有沒有信心，本來不是關鍵，因為最大的重點原來是，別人都怎麼看你？

所以，你看川普，他遇到人就說人話，遇到鬼就說鬼話，八面玲瓏，比油條還油，因為他知道，如果要達到目標，就是要別人用某種眼光看他，不然他根本什麼都做不到。

川普很有信心嗎？我倒覺得，這個人很缺乏信心，因為自己沒有任何信仰或理念，所以就一直飄浮在時代的湍流裡，一直尋求錢和權力。其實，銀行和政府裡也有很多人根本就是跟川普一樣，自己沒有道德更沒有信仰，一直盲從權力和金錢的誘惑。

只不過是，他們沒有川普的口才和「信心」罷了。

對於這句話，我們可以學一學「The beauty of X is Y」，如果你要用讚歎不已的口氣指出某個人或東西的優點，你就可以用這句話（對了，這句話的幽默就在這裡，川普竟然用「讚嘆不已的口氣」討論自己！）。

舉個例子：「The beauty of Taiwan's media is that they are really good at writing fiction!」（台灣媒體最迷人的優點就是他們很會寫小說！）

又舉個例子：「The beauty of my girlfriend is she is good at initiating animal sounds.」（我女友最大的優點就是，她很會模仿動物的叫聲。）

森 77 的河馬是她的招牌聲音！

川普還看不過癮嗎？

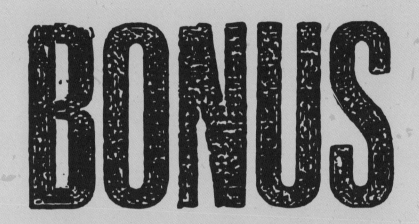

安可篇

"Despite the constant negative press covfefe."

翻譯

雖然負面報導 COVFEFE

生詞

covfefe （名）
扣狒狒

covfefe （動）
扣狒狒

covfefe （形）
扣狒狒

covfefe （副）
扣狒狒

例句

例 The anteater had too much **covfefe** and decided to run for president.
食蟻獸吃了太多扣狒狒，所以就決定競選總統。

例 Donald Trump loves to **covfefe** everyone, especially hot woman.
川普誰都愛扣狒狒，特別是辣咩。

文化解析

某天凌晨幾點的時候，川普就開始 TWEET A STORM（推特風暴），先推特這個，又推特那個，推特個整天飛，然後推特到一半就突然 PO 文說："Despite the negative press covfefe" 然後⋯⋯就這樣了，沒別的！

美國的網友們一開始就覺得，這一定是寫錯字，不小心寄出去了，等一下就會刪掉，但是一分鐘之後，十分鐘之後，一個小時候之後，COVFEFE 還在！所以大家就可以說，咦，是不是總統上廁所玩推特突然中風死掉呢？還是他推特文還沒寫完，就有助理把手機搶過來，不小心按「PO 文」？而且，到現在還不刪！COVFEFE 到底什麼意思呢？

後來，這則 COVFEFE 文隔天早上才消失，然後那六個小時之內，美國的網路就瘋掉了！各種宅宅、媒體人，和夜貓子都邊討論邊惡搞跟 COVFEFE 有關的幽默圖案，甚至隔天早上川普起床刪文的時候，全世界的媒體已經寫了好幾篇報導！

後來，川普又 PO 文說，「誰知道扣狒狒的意思呢？慢慢去想吧你們！」

至今，還沒有人知道 COVFEFE 真正的意思，所以美國的網友想開玩笑的時候，就會用 covfefe 隨便代替句子裡面的某個詞彙，真有趣啊！

當然，covfefe 本來只不過是川普不小心拼錯了又不小心按錯了，其實，沒有什麼更深奧的意思，即使川普要讓人以為他是故意的。我想，大家反應那麼大的原因是，美國的總統做事這麼隨便，讓

大家感到有點幽默也有點擔心，畢竟，他也可以隨時發射核子彈，而且發射核子彈也是一個按按鈕的動作！手機的按鈕，核子彈的按鈕，老人家分得清楚嗎？

不過，川普說自己是故意的，也不是不可能的，因為那幾天，川普跟俄羅斯的醜聞正不斷地在沸騰，可是這個北七到無藥醫的扣狒狒，偏偏立刻讓大家轉移了焦點，也說不定有一種讓人更親近川普的感覺。

雖然川普可能故意製造這個效果，我個人覺得，這件事情可能跟川普人生當中的很多事情一樣：就是不小心把逆境轉為順境，讓所有不爽他的人又困惑又不爽！

反正，親愛的讀者，我們就一起繼續 COVFEFE 川普好了！

I dedicate this book to all the
haters and losers on facebook
—love ya!

畢言堂

Trump Your English 哥教的不是川普，是美國文化！

2017年7月初版　　　　　　　　　　　　　　　定價：新臺幣390元
有著作權‧翻印必究
Printed in Taiwan.

著　　者	畢	靜	翰
繪　　者	陳	禾	華
總 編 輯	胡	金	倫
總 經 理	羅	國	俊
發 行 人	林	載	爵

出　版　者　聯 經 出 版 事 業 股 份 有 限 公 司　　叢書主編　李　　　芃
地　　　址　台 北 市 基 隆 路 一 段 1 8 0 號 4 樓　　書籍企畫　何　　　童
編輯部地址　台 北 市 基 隆 路 一 段 1 8 0 號 4 樓　　整體設計　ANZO Design Co
叢書主編電話　(0 2) 8 7 8 7 6 2 4 2 轉 2 2 6　　　　　　　　.
台北聯經書房　台 北 市 新 生 南 路 三 段 9 4 號
電　　　話　(0 2) 2 3 6 2 0 3 0 8
台中分公司　台 中 市 北 區 崇 德 路 一 段 1 9 8 號
暨門市電話　(0 4) 2 2 3 1 2 0 2 3
台中電子信箱　e - m a i l：l i n k i n g 2 @ m s 4 2 . h i n e t . n e t
郵 政 劃 撥 帳 戶 第 0 1 0 0 5 5 9 - 3 號
郵 撥 電 話　(0 2) 2 3 6 2 0 3 0 8
印　刷　者　文 聯 彩 色 製 版 有 限 公 司
總　經　銷　聯 合 發 行 股 份 有 限 公 司
發　行　所　新北市新店區寶橋路235巷6弄6號2樓
電　　　話　(0 2) 2 9 1 7 8 0 2 2

行政院新聞局出版事業登記證局版臺業字第0130號

本書如有缺頁，破損，倒裝請寄回台北聯經書房更換。　　ISBN　978-957-08-4968-4 (平裝)
聯經網址：www.linkingbooks.com.tw
電子信箱：linking@udngroup.com

國家圖書館出版品預行編目資料

Trump Your English 哥教的不是川普，
是美國文化！/畢靜翰著 . 初版 . 臺北市 . 聯經 .
2017年7月（民106年）. 224面 . 14.8×21公分（畢言堂）
ISBN 978-957-08-4968-4（平裝）

1.英語 2.讀本

805.18   106009875